AF151719

WILLIBALD ROTHEN

Themen, die das Leben schreibt

novum pro

Dieses Buch ist auch als
e-book
erhältlich.

www.novumverlag.com

Bibliografische Information
der Deutschen Nationalbibliothek:

Die Deutsche Nationalbibliothek
verzeichnet diese Publikation in
der Deutschen Nationalbibliografie.
Detaillierte bibliografische Daten
sind im Internet über
http://www.d-nb.de abrufbar.

Gedruckt in der Europäischen Union
auf umweltfreundlichem, chlor- und
säurefrei gebleichtem Papier.

© 2022 novum Verlag

ISBN 978-3-99131-380-9
Lektorat: Angelika Mählich
Umschlagfoto:
Natasha Mamysheva | Dreamstime.com
Umschlaggestaltung, Layout & Satz:
novum Verlag

www.novumverlag.com

Climate neutral
Print product
ClimatePartner.com/16547-2201-1002

Die Themen, die das Leben schreibt,

und so dem Dichter denn nichts anderes übrig bleibt,

um die Themen aufzugreifen,

um sie nach seiner Ansicht zu beschreiben.

Und ihres Schreibers persönliches Empfinden

versucht die Feder nun zu ergründen.

Wie er persönlich zu der Welt wohl stehe

und wie steht es mit seiner Gottseins Nähe.

Einstens schickt Gott die Erde auf die Reise,

die alsbald die Sonne pflichtgemäß umkreiste.

Gott hätte mit ihr gar viel vor,

als er sie zu seinem Lieblingsplaneten erkor.

NATUR

Die Natur, die vielfältiges Leben hervorgebracht,
und erst die Erde zu dem gemacht,
was die Menschen von der Welt erkennen,
um es schlichtweg als Natur zu benennen.

Doch wer gab den Anstoß zu all dem Leben,
muss dahinter nicht eine intelligente Macht wohl stehen,
die dieses gigantische Universum hat erschaffen,
wo Materie und Leben aufeinandertrafen?

Um eine Welt wie die unsrige zu formen,
wo als letztes Glied der Mensch aus ihr geboren.
Doch ist er wirklich schon das Endprodukt,
dann ist der Erde Zukunft wohl verflucht.

Ich lebe in einer fernen Welt
fernab von Ruhm, Macht und Geld.
Ich lebe eigentlich nur so für mich hin,
fand das als meines Lebens Sinn.

Ist Gott nicht, dass der Mensch sich in ihm erkennt,
das Gut und Böse von ihm getrennt,
er in seiner Erkenntnis hat's erfasst,
dass Gut und Böse nicht zueinanderpasst.

Um das Gute und Böse zu erkennen,
die uns von den Tieren trennen.
Und so Gott von uns unsere Erkenntnis hat gelegt
und so das Göttliche in uns bewegt.

ANFANG 2

Im Urwald saßen zwei Gorillaaffen,
hoch oben, auf eines Baumes Krone
und taten sich dabei begaffen,
ob sich das Leben oben wohl gar lohne.

Am ganzen Körper waren sie gar schwarz behaart
und suchten Läuse sie in ihren Fellen,
zuvor noch hatten sie sich schnell gepaart,
was ihren trüben Tag wohl tat erhellen.

„Nun", gurrt das Männchen zu dem Weibchen,
„wenn wir, was ich glaube, ein Kind gezeugt,
könnt das in seinem Leben nicht mehr erreichen,
wenn es nicht mehr auf allen vieren kreucht?

Und aus dem Urwald tritt wie unsre Ahnen
und wie die Evolution es uns vorgeführt.
Und die Welt in Besitz sie nahmen,
ihnen die Verehrung der ganzen Tierwelt nun gebührt."

„Ach Mann", das Weibchen nun zurück ist girrend,
„was haben unsere Ahnen sich damals angetan,
von den Bäumen stiegen und der Teufel sie hat verführet
und Mensch werden wollten sie in ihrem Wahn."

Und sie nahmen eine Frucht von des Baumes Krone
und genüsslich schmatzten sie daran
und fragten sich, ob sich der Weg um
des Kindes wohl lohne,
das glaub ich dir nicht, mein lieber Mann.

„Leben wir hier nicht wie in des Paradieses Garten,
obwohl im Paradies von uns gar nicht die Rede war,
bräuchten wir hier nicht der Menschheit Ende abzuwarten,
sind wir beide nicht die neuen Adam und Eva gar?"

Mir scheint, die zwei waren eben erst von dem Baum
gestiegen,
als die Schlange sie hat verführet
und die Welt begann mit Falschheit und Intrigen.
Die Menschheit bekam, was ihr gebühret.

„Ach", brummt er, „den Baum der Erkenntnis haben wir lange
schon gefunden,
bewusst machen wir zwei das doch alle Tage
und sind nicht an sein Verbot gebunden,
das steht für uns wohl außer Frage."

„Aber", fuhr sie fort, „da wir schon sehr fortgeschritten
und vom Baum der Erkenntnis bereits gegessen,
können wir den Baum in des Paradieses Mitten
vernachlässigen und vergessen.
Und die dumme Schlangenbrut,
die uns verführen möchte,
frisst selbst den Apfel in ihrer Wut,
aberkannt ihres Verführens Rechte."

„Weißt du", sagt drauf ihr Affenmann,
„schön und gut, wären wir der nächsten Menschheit Ahnen,
aber ich sage dir, ich glaub nicht so recht dran,
dass uns der Herrgott gedenkt, in seinem Werk so
einzuplanen.

Es steht fest, dass der Menschheit Ahnen Affen waren,
die Not und Ausbeutung über die Erde brachten,
die immer Neues, Böses in die Welt hineingebaren
und die Teufel sich ins Fäustchen lachten.

So lass uns Affen auf den Bäumen bleiben,
wo wir zu fressen und ein Nest zum Schlafen,
und sollten uns die Menschen hier vertreiben,
dann wird der Herrgott sie wohl dafür bestrafen."

„Ach", sagt drauf das Affenweibchen,
„wie viele Tiere haben sie schon vernichtet,
liegen sie doch selbst mit sich im Streite
und einer den andern der Falschheit gar bezichtigt."

„Aber weißt du", darauf der Affenmann,
„ich kann es gar nicht glauben,
dass diese Menschen aus unsrem Stamm
uns damit unsre Affenwürde rauben.

Dabei sind sie dumm und noch dazu frivol,
sich gegenseitig als dumme Affen zu beschimpfen.
Ich versteh nicht, was das Ganze soll,
uns mit unsrem Namen zu verunglimpfen.

Sie sind wie Sprösslinge, die missraten,
obwohl, so wie wir, aus gutem Elternhaus,
die Schimpf und Schande über ihre Familien brachten.
Sind solche Kinder für die Eltern nicht ein Graus?

So geseh'n und auf die Menschheit umgelegt
Ist die Frucht, die aus gutem Samen ward geboren,
die als Kindlein gehegt und gepflegt
letztendlich doch verloren.

So werden wir weiter auf den Bäumen leben,
um unser Kind hier mit Affenkunst aufzuziehn,
möge Gott unseren Ahnen denn vergeben,
die emporgehoben zu der Menschen Höh'n."

Sie verstehen mit ihrer Macht nicht umzugehen,
die der HERR ihnen auf dieser Erde gab,
aber gab er sie doch ihnen nur als Lehen,
doch schaufeln sie nicht ihr eigen Grab?

Der Atome Kerne haben sie gespalten,
die Tod und Verderben über die Menschheit brachten,
doch ließ ER sie nicht schalten und walten,
die, die sich gegenseitig nach dem Leben trachten?

So wird die Erde eines Tages wohl untergehn,
denn die Menschen, das sind wohl die Bösen.
Sie konnten Gottes Auftrag nicht verstehn,
das wär die Geschichte von den
Menschenaffen dann gewesen.

DIE MENSCHWERDUNG

So war der Mensch erstaunt gewesen
Dass von dem Tiersein er genesen
und als Mensch sich wiederfand
und als solchen sich erkannt

Doch allzu viel vom Tier ist in ihm verblieben,
Wie als Affe er hat es getrieben
Wie auf den Bäumen er geklettert war
Sein Körper damals noch voll von Haar

Wie auf zwei Beinen die Savanne er beschritt
es wuchs sein Hirn zu seinem Glück,
dass er langsam dann zum Menschen sich entwickelt
und von den Tieren als solchen auch betitelt.

Stellt er doch die Krone all der Entwicklung dar,
Die die Schöpfung in dieser Welt gebar.
Doch das Gesetz von Fressen und Gefressen werden
evolutionierend von der Schöpfung hier auf Erden.

Zeugt doch nichts von einem Gottseins Verständnis,
liegt sie doch fern jeglicher göttlichen Erkenntnis,
dass dieser Mensch die Krone all der Schöpfung Macht
und das höchste Wesen von ihr hervorgebracht.

So liegt schon der Grundstein in des Menschen Fehlverhalten
in den von der Evolution aufgestellten Gewalten.
Der Stärkere hat immer Recht,
so ist auch der Grundsatz beim Menschengeschlecht.

VERSCHIEDENES 3

Es sinnt der Mensch aus Langeweile
über dies und jenes nach.
Liest so manch erbauend Zeile
und meint darauf, das Leben ist ein einziges Ungemach.

Wer hat mich denn erschaffen
und die Welt um mich herum.
Stamm ich wirklich ab vom Affen.
Oh Gott, ich frage dich, warum.

Oder gibt es gar keinen Schöpfer,
der die Erde in 7 Tagen hat erschaffen
und somit auch keinen Erdenretter.
So belügen uns damit nur die Pfaffen.

Ich lese und denke nächtelang
über all die herrliche Schöpfung nach
und immer größer wird mein Drang,
dass die Erkenntnis in mir endlich erwach.

Was soll das alles mit der Nahrungskette
Von Fressen und Gefressen werden.
Ist die Welt eine einzige Schädelstätte
und somit göttliches Gesetz auf Erden.

So verbleibe ich ein armer Tor,
entrang diese Erkenntnis nicht schon Faustens Brust.
Und bleib so klug wie je zuvor,
in mir bleibt Gottes Faustens Frust.

VERSCHIEDENES 8

Es weinten die Bäume und schrien zu Gott
und reckten die Blätter, doch Gott war tot.
Am Anfang der Schöpfung, da war er gestorben
zurzeit, als der Mensch noch gar nicht war geboren.

Er grämt sich über sein misslungenes Werk,
obwohl sich noch niemand darüber beschwert.
Doch er selbst hatte es selbst erkannt,
dass nichts mit dieser Schöpfung ihn mehr verband.

So machte er sich still und leise aus dem Staube,
damit ihm der Mensch nicht sein Gottsein raube.
Denn der Mensch erhob sich als Gott
und so blieb wie er war, nämlich tot.

Aber die Menschen haben ihn neu erfunden,
so als wäre er mit seiner Schöpfung noch verbunden.
Sie beten zu ihm in ihrer großen Not,
doch Gott hörte sie nicht, denn er ist tot.

Gestorben aus Gram über sein misslungenes Schöpferwerk,
doch die Gottmenschen hat das nie gestört.
Von großen Fressen und gefressen werden,
wie es eben zugeht hier auf Erden.

Er wollte eine Welt voller Liebe erschaffen,
dazu brauchte der keine Gutmenschen,
noch weniger die Pfaffen.
Den guten Kern, den er in seiner Schöpfung hat gelegt,
wurde vom Bösen weggefegt.

Denn einen fatalen Fehler, den hat er begangen.
Der Mensch hat sich mit seinem Schöpferruhm behangen,
der nun die Geschicke der Erde leitet
und tot mit Verderben über die Welt verbreitet.

Und bis er die Erde selbst vernichtet
und Gott aufersteht und den Menschen richtet,
um eine neue Welt zu erschaffen,
ohne Gutmenschen und ohne Pfaffen.

Denn gut wird dieser Mensch verbleiben,
denn Gott wird ihn in Güte kleiden
und Böses aus seiner Seele bannen,
wo seine Gene doch von Gott nur stammen.

Den freien Willen, den er ihm vorher hat gewährt,
und seine Schöpfung der Liebe hat gestärkt.
Er hat sie aus seinem Programm genommen,
so der Mensch nur das Gute hat vernommen.

Und das Böse hat damit besiegt.
Vorher sich Gut und Böse haben bekriegt
und eine Welt voll Liebe wird erschaffen.
So er auch keine armen Seelen mehr braucht zu strafen.

DIE ERDE

Die Erde humpelte verbissen
mit Krücken die Milchstraße entlang.
Sie suchte Gott, doch der ließ sich nirgends blicken,
die Welt schien für ihn ohne allen Belang.

Gab er den Menschen die Erde doch als Lehen
und sagte: Macht sie Euch untertan!
Der konnte wohl auch nicht in die Zukunft sehen
und wusste nicht, was er seinem Himmelskörper angetan.

Und so jammert die Erde durch das Weltall,
gar schwer lastet der Mensch auf ihrem Rücken
und frug die Sterne ohne Wahl,
ob vielleicht mit den Erdenmenschen sie dürft beglücken.

Doch dankend lehnten alle Sterne ab,
hat es sich doch im Universum herumgesprochen,
was für Chaos es auf dieser Erde gab
und was der Mensch an ihr verbrochen.

So irrt die malträtierte Erdenkugel
planlos durchs Weltall und sucht seinen Richter,
der den Menschen scheucht von ihrem Buckel,
drum vertraut sie sich der Feder an und auch dem Dichter.

Wie lange wird die Erde diese Last noch tragen?,
schreibt die Feder schüchtern nieder,
ich wollt das nur ein bisschen hinterfragen,
und demnächst schreib ich drüber wieder.

ÜBER TIER

Oh Gott, was für ein Über-Tier hast du doch geschaffen.
Ist das Wesen Mensch dir nicht missraten.
Hättest beim Affen es belassen
und ihn nicht vermenschlicht in Edens Garten.

Du gabst ihm noch ein Weibchen bei,
das ihn sogleich verführte.
Ob die Schlange oder Eva, das ist einerlei.
Es war das erste Mal, dass sich der Mann genierte.

DIE FEDER 6

Es fragt der Mensch, wozu bin ich denn geboren,
was habe ich auf dieser Welt überhaupt verloren.
Warum haben meine Eltern mich gezeugt
und meine Verwandtschaft, die gar so weit verzweigt.

Habe ich doch Eltern, Onkeln und auch Tanten
und viele der üblichen Anverwandten.
Wie die Natur es so beliebt,
aus den gleichen Genen sie gestrickt.

Obwohl ich mit denen nichts am Hute habe,
bin ich auch verwandt in engen Graden.
Blutsverwandt man es benennt,
dass man der eigenen Verwandtschaft wohl bekennt.

So ist mancher davon nicht das Gelbe wie vom Ei,
mir jedoch ist das einerlei.
Ob Geschwister, Vater, Mutter, Onkeln oder Tanten
oder all die übrigen nächststehenden Verwandten.

Ich jedoch bin mir gut genug,
um sich abzuschotten von all der Brut.
Doch wozu bin ich denn geboren,
was habe ich auf dieser Welt verloren.

Denke ich, wenn ich nächtens aus dem Schlaf erwache
und dabei nach der Erkenntnis trachte.
Die jedoch, die bleibt mir immerfort verwehrt,
aber die ich umso mehr begehrt.

So kam ich nach nächtelangem Denken,
wer täte meinen Lebensweg wohl lenken.
So ich auch meinen Kopf zermartert,
auf eine Antwort hab gewartet.

Doch all der Gedanken viele,
die gespeichert in meines Kopfes Fülle,
haben keine Antwort mir gereicht,
die als Wahrheit mir gedeucht.

EIN TRAUM IN HEXAMETER

Nicht endlos ist des Menschen Weg, daher auch Trost,
wenn Mühsal sich auf seinen Schultern bettet.
Und schier erdrückend wird die Last
ein böser Fluch an ihn gekettet,
Not und Elend als ständiger Gast.

Nicht endlos ist des Menschen Weg, daher auch Trost,
wenn siechend er in einem kraftlosen Körper
den Tod, den sehnend er erfleht,
betend zum himmlischen Pförtner,
dass er ihn von seinem Leid erlöst.

Nicht endlos ist des Menschen Weg, daher auch Fluch,
wenn das Leben ihn auf goldenen Händen trägt.
Auf samtenen Rosen er gebettet,
wenn über des Lebens Mühsal er geschwebt.
Ein gütiger Geist ihn von irdischer Mühsal hat errettet.

Nicht endlos ist des Menschen Weg, daher auch Fluch,
wenn er der Sonne goldene Strahlen
vermeint, dass nur für ihn sie leuchten.
Nichts weiß von dunkler Schatten Qualen,
die andere auf einem Lebensweg begleiten.

Nicht endlos ist des Menschen Weg, daher auch Fluch,
wenn er gehäuft in Samt und Seide,
wenn er gehortet Silber und Brillant,
Geld und goldenes Geschmeide,
von dessen Pracht und Macht er war gebannt.

Nicht endlos ist des Menschen Weg, daher auch Fluch,
wenn er erkennt, dass sein Weg zu Ende.
Und an das letzte Hemd keine Taschen sind genäht
und leer sind seine Hände,
wenn er vor seinen Schöpfer er bestellt.

Nicht endlos war, oh Mensch, dein Weg,
sagt der allmächtige Herr.
So war es und so ist es, seit ich die Welt erschuf.
Nach dem Paradies gab es für das Glück keine Gewähr.
Folgte Eva nicht der Schlange Ruf,
welche sie mit irdischen Gelüsten lockte.
Und als Adam ihr verfiel,
der Satan mit teuflischer Schadensfreude frohlockte.
Hat er doch erreicht sein Ziel.

Gewiss, sagt darauf der Mensch,
nicht endlos war mein Weg.
Doch hatte ich ihn, ich sag's mit Verlaub,
ein Leben auf deiner Erde auch erstrebt?
Und wäre er auch nicht als endlos zu bewerten,
formtest du mich nicht aus der Erde Staub,
so wusste ich doch, einmal muss ich sterben.

Du da, sagt darauf Gott, der Herr,
den ich mit Not und Elend hab beladen,
Mühsal und erdrückend Last auf deine Schultern hab gelegt,
ich hörte von dir kein Murren und kein Klagen,
du standest alle Tage mit mir im Gebet.

Und du da, sagte darauf Gott, der Herr,
dem ich eine schwere Krankheit hab auferlegt,
deine Seel in einem hinsiechenden Körper.
Ich hab dich von deinem Leid erlöst,
den du erfleht vom himmlischen Pförtner.

Du da, sagt darauf Gott der Herr,
der du unter der Sonne glänzend Strahlen
ein Leben in einer Sänfte warst getragen,
nun wirst du spüren der dunklen Schatten Qualen,
wirst mit erdrückend Last beladen.

Du da, sagt darauf der Herr.
In deiner Gier, in die du gehäuft Geld, Gold und Brillant
und in Samt und Seide warst gekleidet.
Du wirst in die Hölle jetzt verbannt,
wo sich der Teufel an deinen Qualen jetzt weidet.
Habt ihr eines Trostes Wort mit euren Lippen je gesprochen,
habt ihr einem Bettler je ein Stück Brot gegeben,
habt ihr je ein Herz getröstet, das zerbrochen,
habt ihr überhaupt jemandem Gutes getan in eurem Leben

Nein, nein und tausendmal nein,
so sprach der allmächtige Gott.
So lass ich euch nun allein,
bis ich euch schicke Gevatter Tod.

Und ich erwachte und ich war ein Mensch,
der doch alles in sich trug,
und nichts Menschliches war mir fremd,
aber der doch so manches hinterfrug,
denn derzeit war ich krank und hütete das Bett.
Mein Ring mit Brillanten lag daneben,
aber erst gestern hab ich einem Bettler Almosen gegeben.

Doch was wollt der Traum in meinem Fieberwahn mir sagen,
da ich war krank und hütete schwitzend das Bett.
Hat er mich vor seinen Richterstuhl schon geladen,
das fand ich, wär von ihm gar nicht nett.
Und ich drückte mich tief in das Federkissen,
hielt Rückschau über mein bisheriges Leben.
Erforschte mein Gewissen,
wog das Nehmen, wog das Geben.

Und die Bilanz stand eindeutig zu meinen Gunsten da.
Ach, was war ich doch für ein guter Mensch gewesen,
das war mir nach vielem Grübeln klar.
Und so werde ich von meiner Krankheit wohl genesen.

Doch Gott, der Herr, er hatte es anders mit mir vorgehabt,
als ich vor seinem Richterstuhle stand,
und er sagt: „Es ist nicht so, wie du es dir vorgesagt",
und mein Geben er als zu gering befand.
„Du musst mindestens das Tausendfache
geben, bevor du nimmst",
sagt der alte Herr mit verschmitztem Ton in seiner Stimme.
„Nur so du dann den Himmel gewinnst,
doch ich spiele dir trotzdem die Himmelshymne.

Kehre zurück und denke nach, was ich dir hab gesagt,
und ich fand mich in den Federkissen wieder.
Im Radio spielen sie gerade unsere Hymne wie gehabt,
als ich stieg die Himmelsleiter hernieder."

Es war zu mitternächtlicher Stunde,
als ich schweißgebadet vom Traum erwacht.
Das Fieberthermometer steckt in meinem Munde
und eine Reihe von Menschen hielten bei mir Wacht

„Seht, seht", sagt der Onkel Doktor triumphierend,
„das Fieber ist nicht nur gefallen, nein, es ist gänzlich weg.
Es war der Doktor, der mich therapierend
und mich hat wieder belebt."

„Sie waren schon gänzlich in dem jenseitigen Gefilde",
sagt er mit ergreifendem Ton in seiner Stimme
Sie kamen nur zurück mit Gottes Hilfe,
und dazu spielten sie im Radio die österreichische Hymne.

Verwundert sah ich von einem zum andern hin.
Es waren alles meine Erben.
Manch verweintes, aber jetzt glückliches Gesicht,
das ergab schon Sinn.
Also die wollten mich sicher nicht beerben.

Doch auch manch verlegenes Gesicht wurde ich gewahr,
dass der Alte wohl noch nicht zu sterben gedachte.
Lieg ich nicht schon jetzt steif auf der Bahr,
und er schlich sich mit dem Erbe davon ganz sachte.

Nun begehrte ich zu essen ein gar feines Süppchen
und ein Backhendl noch dazu.
Als Nachspeis hätt ich mich nicht geniert, ein Püppchen,
dann legte ich mich gleich wieder zur Ruh.

Und ich träumte wieder weiter,
wie ich den greisen Gott befragte.
Doch er blinzelte nur froh und heiter,
als ich über mein Problem ihn fragte.

„Was meinst du", fragte ich ihn ungeniert.
„Wem sollt mein Vermögen ich vererben."
„Schenk es dem, dem es gebührt",
sagte er schmunzelnd,
„solltest du wirklich einmal sterben."

„Aber wem", bohrte ich unterdessen weiter.
„Du weißt, ich habe ja schon so viel verschenkt."
Und wieder blinzelte er froh und heiter.
„Ich weiß, ich habe doch deine Hand gelenkt."

Ich war ... erstaunt, dass er doch seine Hand,
die zuständig war für das ganze Schenken,
wenn ich was gab, die richtige Richtigkeit befand.
Da tat er meine Hand gar lenken.

„Aber ich hab manchmal Unwürdigen viel gegeben
und du hast mich nicht zurückgehalten."
„Ja, ja", schmunzelte er, „so ist das Leben.
Es haben ja auch so viele die Hand aufgehalten."

„Und du konntest zwischen Würdigen
und Unwürdigen nicht unterscheiden?",
hielt ich ihm sein Nichteinschreiten vor.
„Wer ist nun verrückter von uns beiden?"
„Du bist Gott, doch ich bin ein armer Tor."

„Ach Mensch", sagte er daraufhin mit besorgter Miene.
„Bleib hier, wir wollen uns doch nicht streiten."
Und gar leise wurde seine Stimme.
„Ich zeige dir nur deine Erdenbuchseiten."

Und er rief einen Engel, der brachte ein gar dickes Buch.
Darauf stand mein Name in goldenen Lettern tief geprägt.
Es lag auf einem schwarzen Trauertuch,
das von goldenen Palmzweigen war durchwebt.

Und der Engel schlug des Buches dicht beschriebene Seiten.
In Sekundenschnelle hat das Buch er durchgelesen.
„Darf ich dich ins Paradies jetzt begleiten?"
Doch wiederum ward ich genesen.

Denn schwitzend lag ich in den Federkissen
und das Fieberthermometer steckte
wieder in meinem Munde.
Ich würgte hinab den letzten Backhendlbissen
und die Erben standen da in weiter Runde.

Und der Onkel Doktor lächelte stark gequält,
hat er die Rechnung noch nicht geschrieben.
Hat er schon lange nicht verhehlt,
dass Sterbende ihm die letzte Rechnung schuldig blieben.

MENSCHEN

Viele der Menschen sterben schon im Kindesalter
und bringen somit die Menschheit auch nicht weiter.
Obwohl viele der Menschen uralt werden,
aber bedeutungslos für die Entwicklung auf Erden.

Nur einigen tat Gott seinen Atem einzuhauchen,
um die Dummheit von Milliarden auszugleichen.
Die spurlos wieder von der Erde verschwinden,
mit ihrem Leben die Welt weiter in den Ruin zu bringen.

LIEBER DICHTER

Sagt der Richter:
Ich werfe Ihnen staatsfeindliche
Tendenzen vor,
denn Ihr Geschreibsel
ist ein Überbleibsel
von den einstigen Revolutionären.
Denn Sie meinen, unsere Demokratie
ist unterworfen einer elenden Bürokratie
und das Volk kann sich dieser nicht erwehren.

So der Unmut über die Politiker wächst
und das Volk unter den Gesetzen ächzt
und es versucht diese abzuschütteln.
Doch die Politiker, die an den Sesseln kleben,
über dem Volke sich erheben,
lassen nicht an ihren Sesseln rütteln.

Und sie knechten mit ihren Gesetzen,
die die Würde des Menschen verletzen.
Das arme, arme Volk,
das sich verkriecht im Staube,
dass der Staat nicht noch sein letztes Gerstl raube,
denn gebrochen war ihr Stolz,
und sie wurden Sklaven von geldgierigen Hyänen,
die als Herrscher über das Volk sich wähnen.

Und die Richter und Advokaten
mit den Gesetzen sie dich bedrohen,
die gemacht von denen da droben,
und die mit Gerechtigkeit nichts
am Hute (im Sinne) hatten.

Du armer Mensch, du musst geknechtet werden,
das ist eben der Lauf auf Erden.
Du musst im Staube vor ihnen kriechen,
denn sonst wirst du die Härte des Gesetzes spüren.
Du kannst nie gewinnen, sondern immer nur verlieren
Musst du dich doch nach ihren Gesetzen richten.

Denn die Hedgefonds, Bänker und anders Gelichter,
sagt er zu dem ihn richtenden Richter,
würden dem Gesetze nach den Staate doch regieren.
Und sie sprechen Recht nach deren (ihren) Gesetzen,
die allesamt die Menschenwürde dann verletzen,
dir den letzten Euro abzustieren.

Und sie fahren mit ihren Jachten,
da sie dich um den letzten Euro brachten.
Sekt saufend auf den blauen Meeren
und sie liegen auf des Deckes Sonne,
genießen sie der Freiheit Wonne,
da kein Sklave ihre Lust nun störe.

„Ja, wenn Sie, lieber Dichter",
sagt zu ihm der richtende Richter,
„ein Künstler der dem Staate wohlgesonnen,
dann würden Sie als Staatskünstler protegiert.
Man hätte Sie gewürdigt und hofiert,
und Sie hätten auch manchen Preis bekommen.

Und das Füllhorn der Subventionen,
würde sich das für Sie nicht lohnen,
mit welchen man Sie überschüttet.
Und in den Seitenblicken immerfort erscheinen,
würden den Staat Sie loben mit Ihren Reimen,
aber nicht dagegen wüten."

„Ja, wären Sie so, lieber Dichter",
sagt der ihm richtende Richter,
„ein Künstler, der dem Staate wohlgesonnen,
da bräuchte ich heute nicht zu richten,
würden Sie etwas anderes dichten,
aber so müssen Sie eine harte Strafe bekommen.

Und nichts ist es mit den aufgespritzten
Seitenblicken-Gesichtern.
Sie sind ausgesperrt von den noblen Gesichtern.
Das aus der Glotze prahlt
und mit bleckendem Gebisse
verdeckend ihrer Hirne Risse
dämlich aus der Glotze strahlt.
Und die reden mit geifernden Lefzen.

Die nach Anerkennung der Meute lechzen
aus der Television
fühlen sie sich doch erhoben
wie denen die da oben,
sind sie doch die Überstrahler der Nation."

„Ja, wissen Sie, mein lieber Dichter",
sagt der zu ihm richtende Richter,
„Sie sind für die da oben eine Staatsgefahr.
Statt gegen die da oben anzuschreiben,
wie's die Oberen halt zu treiben,
hinzustellen als Falotten gar,
das lassen sich diese nicht gefallen.
Ansonsten ihre Lobpreisung doch
durch die Gazetten eilen,
die alle von ihnen werden gekauft
mit Presseförderungen und Einschaltquoten
durch diverse Parteien wie die schwarzen und die roten
zu Steigbügelhaltern werden sie nun umgetauft.

Und die Kulturbagage
kassiert doch viel an Gage,
die der Steuerzahler an sie bezahlt.
Dafür dürfen sie sich sonnen,
auf dem Glanz der Einschaltquoten thronen
und ihre Fratze durch die Gazetten hallt."

„So lassen Sie sich, lieber Dichter,
was sagen von einem erfahrenen Richter.
Arrangieren Sie sich mit denen da oben,
denn wenn Sie von ausgebeuteten Menschen schreiben,
das kann das Gelichter gar nicht leiden.
Sie müssen entbieten Ihre Seel denen da droben.

Ich frage Sie, haben Sie alle Sinne noch beisammen,
wenn Sie den Globalkapitalismus verdammen.
Sie sind doch für diese ein Kommunist,
Sie schreiben von der Handvoll Reis,
die die Sklaven bekommen,
aber ihre Arbeit muss sich für
die Kapitalisten rechnen und lohnen.
Sonst ziehen sie weiter, wo die Arbeit billiger ist."

„Ja", sagt der richtende Richter,
„Sie sind halt ein aufsässiger Dichter.
Und werden dafür büßen,
was kümmern Sie sich auch um all die Sklaven,
und diese Sie nicht einmal darum bitten.
Aber Sie dafür den Finanzjongleuren
die Füße küssen müssen,
Denn dass das Geld regiert die Welt,
so sich diese dafür auch hat eingestellt.
Wer der Mammon hat, hat auch die Macht
uns zu beherrschen, Volk und Land
von jeher Geld und Macht verband.

Haben Sie nie daran gedacht,
so bleiben Sie ein Unbekannter
in der Literatur ein Ungenannter,
weil Sie sich mit denen nicht solidarisieren,
sondern gegen die Machthaber aufzubegehren
und versuchen, deren Wollust Leben gar zu stören
und sich mit ihnen nicht arrangieren.

So werden Sie geknechtet,
verspottet und entrechtet
von der ganzen Hautevolee",
sagt der über ihn richtende Richter
zu dem aufmuckenden Dichter,
„als Strafe für Ihr Geschmäh.
Als Strafe gebe ich Ihnen den Rat,
da jeder Mensch nur eine Seele hat,
die Sie nun verpfänden müssen,
so geht's nun mal auf Erden,
von der Geburt bis zum Sterben
Sie den Oberen die Füße küssen müssen.

So verwarne ich Sie als Lästermaul,
werden Sie aus einem Saul doch ein Paul,
dass Sie diesem Staate dienen,
um ihn zu preisen und zu loben,
dass Sie sogar preisen die da oben
und das Gelichter sogar noch lieben."

So sagt der richtende Richter
zu dem aufmuckenden Dichter:
„Denn Ihr Geschreibsel
ist ein Überbleibsel
von dem einstigen Revolutionieren,
denn Sie meinen unsere Demokratie
ist unterworfen einer elenden Bürokratie
und das Volk kann sich dieser nicht erwehren."

EIN MENSCH IM TOTENBETT

Ein Mensch, der in seinem Totenbett gelegen,
und dabei ist seinem Gotte zu begegnen,
seine Seele erhob sich aus seinem Leibe
und verließ seine von Gott ihm zugeordnete Bleibe,
um nun frei zum Himmel aufzusteigen,
um zu hinterlassen all die Lebensleiden
und um Gott in all seiner Herrlichkeit zu schauen,
um all seinen Prunk und seine Pracht sich zu erbauen.

Doch erst flog er beim Mond vorbei,
betrachtete die Krater und Steine und auch derlei.
In fünf Minuten gelangte er hin zur Sonne,
mit Lichtgeschwindigkeit war das eine Wonne.
Verließ daraufhin das Sonnensystem,
um die Milchstraße zu durchwehen,
und flog hinaus zu all der Sternenpracht,
die funkelnd leuchtend in der dunklen Nacht
nun Milliarden Sterne ihn umgaben,
die ihm einstens auf der Erde so beeindruckt haben.
Und weiter flog er von Galaxie zu Galaxie
und er sagte sich, so viel sah man auf der Erde nie.
Er flog weiter durch den unendlichen Raum.
So flog er sich wähnend in einem außerirdischen Traum
er in Milliarden von Jahren,
welche die Sterne zu Milliarden gebaren.

So flog und flog er unentwegt
mit Lichtgeschwindigkeit von der Welt,
um irgendwann nach Milliarden Jahren
die Gunst seines Schöpfers zu erfahren,
doch nach Billionen von Galaxien
und schwarzen Löchern
traf er erstmals auf des Himmels Wächter,
ihre Haare waren aus purem Gold gesponnen,
um leuchtend wie tausend frohe Sonnen
ihre Flügel aus reinstem Schnee zu beleuchten,
ihre Gottesnähe damit sie bezeugten.

Ihre Gesichter von anmutiger Form gezeichnet,
die Schönheit der Menschen nie diese Form erreicht.
Ihre Hände demütig und huldvoll betend sie erhoben,
um Gott zu danken und zu loben.
So flogen sie Milliarden von Jahren neben ihm einher
als göttliche Diener von Gott dem Herrn.
Und sie glänzten in der dunklen Nacht,
wo betend den Himmel sie bewacht,
und Gottes Thron in goldenem Glanze
von Engeln umschwirrt in göttlichem Tanze,
darauf der Herrscher mit goldener Kron
seine Schäflein bedacht mit himmlischem Lohn.

Und der Mensch,
er kniete vor seinem Gotte nieder
und erwachte plötzlich wieder.
Aus seinem albernen Träumen er erwacht,
die Sonne durchs Fenster ihm entgegenlacht
und der Onkel Doktor maß das Fieber,
das einstens so hoch, nun war es nieder.
Und er hörte den Onkel Doktor sagen:
„Nun will ich eine Prognose wagen.
Der Patient hat die Krankheit überwunden
und wird demnächst ganz gesunden."

Und stellt sogleich seine Rechnung aus
wie es in seinem Berufe eben Brauch.
Der Patient im Bette wusste nicht,
wie ihm geschah,
war er dem Tode doch so nah.
Hatte er nicht eben Gott geschaut
und hat er der Medizin doch nicht vertraut.
Liegt wieder hier in seinem Bette,
dem er so gern entfliehen möchte,
um endlich sich mit seinem Gott vereinen.

DISKUTIERER

Im Studio sitzen die Experten,
um über ein Problem zu diskutieren,
um es mit Weisheit zu bewerten
und einer Lösung zuzuführen.

Gestylt sitzen all die weisen Köpfe
vor der Fernsehkamera,
Dr. Habakuk und Diplom Ingenieur Knöpfe,
und viele andere Klugscheißer sind noch da.

Der Diskussionsleiter erteilte nun das Wort,
und flugs tat jener seine Meinung kund,
der nächste fährt in diesem Sinne fort,
aber der nächste fährt diesem schon übern Mund.

Nun erhebt der nächste seine Stimme,
um die zwei zu überschreien,
er schließt sich an in des einen Stimme,
doch das sollte dieser sogleich bereuen.

Denn der Nächste ist wieder für den anderen Diskutierer,
und brüllt, um den anderen zu überschreien,
er erweist sich jedoch als Rohrkrepierer,
denn der nächste tituliert ihn dafür als Schwein.

Nun wachelt wie ein Verrückter
der Diskussionsleiter in die Kamera,
nur war sein Versuch ein missglückter,
denn das Wacheln nahmen die Diskutierer gar nicht wahr.

Gar wild schrien sie durcheinander,
und was für einer Sprache die sich bedienen,
geballte Intelligenz so dicht beieinander,
aus dem Urwald sie zu kommen schienen.

Denn wenn Übergescheite gar so dicht gedrängt
und jeder seine richtige Meinung hat,
in seiner Selbstdarstellung er eingeengt,
das erbost sie wohl im höchsten Grad.

Wie kann ein anderer es wagen,
wo man doch selbst so überklug?
Ein anderer eine andere Meinung gar zu haben,
ist die eigene doch klug genug.

Nun werden die Gemüter etwas stiller,
nur mancher äfft noch den anderen nach,
mancher rückt zurecht die Brille,
vorüber ist der große Krach.
Das Scharmützel endet im Geplänkel,
wo ein jeder auf den anderen voller Zorn,
vorbei der Streit und das Gezanke,
niemand hat gewonnen, niemand hat verloren.

Nur wenn die Klugen gar so aufgeregt diskutieren,
das bleibt dem Fernsehzuschauer verborgen,
der Mensch vor dem Fernseher tat nichts kapieren,
denn er ist daraus nicht klug geworden.

DER BLÄTTERWALD

Es säuselte gar leise im Blätterwald,
doch bald ist dessen Rauschen nicht zu überhören.
Die Intrige durch die Gazetten eilt,
wenn Neider Verleumdungen gebären.

Gras-wachsen-Hörer schließen sich der Clique an,
und die Klugscheißer suhlen sich in ihrem Elemente,
obwohl niemand weiß, wer die Intrige ersann
und dem Verleumdeten seinen Erfolg missgönnte.

Und Ärsche mit Ohren, das ihre wahres Gesicht,
feiern mit geifernden Lefzen,
um zu Wahrheit erheben das falsche Gerücht,
und den Delinquenten im Drecke zu wälzen.

Und gebrochen ergibt sich der Rechtlose der geifernden
Meute,
nur im Herzen ein Funken von Rache in ihm glimmt,
die Stärkeren, die seid Ihr nur heute,
da der Tag der Abrechnung, der kommt bestimmt.

Und der Erniedrigte erhob sich, wie die Sphinx
aus dem Gesuhle,
schüttelt ab den Dreck, mit dem er ward beworfen,
nun saß er auf dem Richterstuhle,
aus dem Erniedrigten war der Erhobene geworden.

Die Neider, sie hielten sich bedeckt,
verkrochen sich, denn keiner hätte irgend Böses je gesagt,
die Gras-wachsen-Hörer unter dem Grase sich versteckt,
kein Kopf mehr aus dem Grase ragt.

Die Haarspalter, die führten stets die feine Klinge,
sonst könnten sie auch das Haar nicht spalten,
küssten den Wiedererstandenen gleich seine Ringe
und baten, er möge über sie Milde walten lassen.

Die Klugscheißer verkrochen sich in seinem Arsche
und erklärten dazu, es täte ihnen wohl,
nachdem sie durch seines Darmes Marsche
nun selbst nicht nur die Hose voll.

Das vermeintliche Kluge, das sie immerfort geschissen,
da als Klugscheißer sie auch bekannt,
war solches, was aus dem Darm so unbestritten,
und als Scheiße ist bekannt.

Und die Besserwisser, die immer alles besser wissen,
meinten bloß, man könne sich doch irren.
Warum sollten sie für anderer Fehler büßen,
weil die anderen ihr logisch Denken dann verwirren.

Nur die Neider, die sind doch niemand irgendetwas neidig,
sie freuen sich doch auf anderer Erfolg und Glück,
dafür sind sie auch sofort beleidigt
und verteidigen ihren Edelmut mit treuherzigem Blick.

Und so schau euch an die niedrige Meute,
egal aus welchem gesellschaftlichen Range,
es sind einfach alles Unterleute,
die man nicht als Menschen bezeichnen kann.

Angeekelt vertrocknet die Tinte auf der Feder,
denn sie verweigert ihren Dienst,
denn das kann doch sein ein jeder,
erschreckend, wenn du dich als einer von
denen selbst erkennst.

DER BRÜTER

Es brütet ein Brüter,
der noch dazu ein Bürokrat
über einen schwerwiegenden Antrag
eines Bürgers an seinen Staat.

Der schreibt, es wäre seine Pflicht,
seinen Staat zu warnen,
denn nach seiner Sicht,
wird der Staat regiert zum Gotterbarmen.

Und so stellet er den Antrag,
die Bürokraten zu eliminieren,
sonst werde an diesen
der ganze Staat bald krepieren.

Er listet auf und listet an
in seitenlanger Formation
des Bürgers Geben und des Staates Nehmen
steht in keiner Relation.

Mit gar allzu bösen Worten
Verdammt er alle Bürokraten,
wünschte sie zu den Teufelspforten,
da Gott sei spielen und Unheil brachten.

Der Brüter, der brütet,
und fand es wäre ein faules Ei,
über was zu entscheiden,
das bereits entschieden sei.

Und der Beamte schreibt mit düsterer Miene,
dass sein Antrag abgelehnt,
hat sich doch jedes Volk der Welt
an die Bürokratie bereits gewöhnt.

Den Antrag auf Abschaffung der Bürokratie
kann nicht stattgegeben werden,
für null und nichtig sind erklärt
all die aufgeführten Beschwerden.

Als Begründung wird dann angeführt,
wie kann ein Staatsvolk denn gedeihen,
wenn es nicht verwaltet und geführt,
müsse es in der Steinzeit doch verbleiben.

Auf des Brüters Stirn große Falten,
dahinter böse Gedanken sich formieren,
wie könnte man dem Spuk ein Ende bereiten
und den Antragsteller eliminieren?

Und so stellte er auch einen Antrag
auf Einweisung gleich dazu,
solche Psychopathen muss man schnell entfernen
ins Irrenhaus – dann hat man seine Ruh.

Der Brüter brütet weiter,
er ist ein echter Bürokrat,
und freut sich auf seinem fetten Arsche,
weil er wieder einen Denkenden vernichtet hat.

Und er denket nicht zu Unrecht,
dass die Denker sich immer mehr vermehren,
und dass all diese Querulanten
in ein Irrenhaus gehören.

Und so drucket man Formulare,
und die gleich in großer Zahl,
denn solche Schreiber sind Anwärter
für ein Irrenhaus der allerersten Wahl.

Und er hocket auf seinem Sessel,
festgeklebt und unkündbar,
man kann drauf sein Geld verwetten,
diese Geschichte ist wahr – fürwahr.

POLITIKER

Politisch sind jene, wenn wir politisch sie betrachten,
welche die Politik im Staate machen,
welch unergründlicher Trieb sie dazu treibt,
jede Chronik nobel darüber schweigt.

Ob von Sendungsbewusstsein sie getrieben,
ob manche, weil sie die Menschen lieben,
ob von Eitelkeit sie sind geplagt,
ob woanders Anerkennung ihnen blieb versagt.

Oder ob des schnöden Mammons willen
oder die Gier nach Macht zu stillen,
ob Idealisten, Opportunisten oder Diktatoren,
zum Politiker scheint's, dazu ist man geboren.

FREMDE

Wien ist voll von diesen Fremden,
das hat mein Großvater schon gesagt.
Aus der Monarchie, da kamen sie aus Ecken
und aus Enden,
wie bitter hat er sich damals schon darüber beklagt.

Ja, wären sie nur Fürsten, Grafen oder Barone,
sie wären hochwillkommen diese Gäste,
aber sie kommen mit und allen ohne,
ohne Titel und ohne Mittel haben sie uns besetzt.

Und Frau Halasek tat kräftig drüber fluchen
und Frau Navratil macht's auch sogleich:
Was wollen hier die vielen Tschuschen
in unserem schönen Österreich?

Nun grantelte Herr Turkevic
über das Ausländerungemach,
er findet es als echten Wienerwitz
mit diesen zu wohnen unter einem Dach.

Der pensionierte Hofrat Herr von Barany,
der in Temeswar war geboren,
sinniert, ob es auch in der Monarchie
schon damals gab diese vielen schwarzen Mohren.

Und in großer Zahl so viele an Chinesen,
er konnte sich nicht daran entsinnen,
ob sie beim Kaiser auch schon da gewesen,
in seinem Kopf konnte er die Antwort nicht mehr finden.

Nur der Moshe Isaak Ohrenstein
hat mit dem Thema sich nie beschäftigt,
dazu fällt ihm auch gar nichts ein,
damit ist er nämlich übersättigt.

Herr Polanski wiederum ist entrüstet
über die neuerliche Türkeninvasion,
wie wohl im nach Vorbild Sobieskies ihm gelüstet
sie zu vertreiben, schon wegen der Religion.

Die Eltern von Herrn Maretschak,
sie kommen von der Bukowina,
seine Wurzeln er lange schon verdränget hat,
als Fremder fühlt er sich nie und nimmer.

Herr Berkovic, dessen Ahnen aus der Walachei,
er hält voll Zorn die geballte Hand,
um zu bekunden, wie zornig er doch sei
über die Überfremdung in diesem Land.

Herr Wigele ist mokiert über all die vielen Rassen,
die durch die Wiener Straßen zieh'n,
und kann es gar nicht fassen,
das sollte sein sein geliebtes Wien?

Graf Frauenfels, dessen blaues Blut lange schon verblichen,
betrachtet durch sein blindes Monokel das Geschehen,
er kann die Menschen nach ihrer Rasse riechen,
wenn sie auf der Straße gehen.

Und der alte Herr Salmanschenschitz
ist über die Regierung ganz empört,
dass man hereinlässt die vielen Tschuschenschütz,
das findet er ganz und gar unerhört.

Herrn Hagestolz wieder sind alle Fremden eine Pein,
er kommt gar tief aus der Provinz.
Wie könnte es auch anders sein,
da die Menschen dort gar so fremdenfeindlich sind.

Und der steirische Maurer Isidor,
er werkt mit den Tschuschen in Wien am Bau,
grölt daheim am Biertisch mit im Chor
gegen diese. Warum? Das weißt er nicht so genau.

Dabei ist er in Wien ein Fremder unter Fremden,
nur wer ein richtiger Wiener ist,
das lässt sich leider nicht erkennen,
vielleicht, dass du einer von ihnen bist.

DER BÜROKRAT

Es sitzt ein Bürokrat
versteckt hinter seinem Paragraf
bar über jeweiligen Bedarf
auf seinem fettgefressenen Arsch.

Um die Bürger zu schikanieren,
mit seinen Paragrafen zu verwirren,
reitet der fettgefressene Arsch
auf seinen von ihm rekrutieren Paragraf.

Und den Paragrafen zieht er wie ein Gummiband,
wie er es richtig befand,
um den Untertanen zu entrechten
und den Bürger damit zu knechten.

Verweist er auf die Paragrafen
Die zum Wohle des Bürgers doch geschaffen waren.
Doch ausgelegt werden sie nun gegen ihn,
ist das doch der Paragrafen Sinn

Dass die Oben ihre Macht bewahren
und auf ihr Recht beharren,
was willst du kleiner Bürger bloß,
denn wir, wir sitzen hoch zu Ross.

Und scheißen auf euch, die ihr Stimmvieh seid.
In Wirklichkeit tut ihr ihnen wirklich leid,
sofern ihr einen Funken von Verstand,
seid ihr doch mit Eseln und Rindviechern auch verwandt.

Doch seid ihr für sie nur ein Herdentier,
was kann ein Leithammel denn dafür,
dass ihr ihm läuft hinterher
mit Stahlhelm und mit Schießgewehr.

Um in den Schützengräbern zu verrecken
mit Ruhm und Ehre sich belecken,
wie das Gesetz es eben so befahl,
euch bleibt doch anders keine Wahl.

Posthum bekommst du für dein Morden
natürlich noch einen hohen Orden,
den du mit deinem Leben hast bezahlt.
Du nun in der Erde – tot und kalt.

Aber als Held wirst du nun hofiert,
der in Feindesland war krepiert.
Wirst von der Meute nun gepriesen,
sodass die Ehren den Hinterbliebenen verblieben.

DIE REICHEN

Auf der Erde gibt's nicht viele Reiche,
wenn man relativ es bedenkt,
mit der Masse der Armen sie vergleiche,
ist die Zahl der Reichen doch sehr beschränkt.

Doch die Einstein'sche Relativitätstheorie hat's erkannt
und sich nirgendwo so selbst beweisen,
dass ein Armer aus einem reichen Land,
sich als Reicher in einem armen Land hat erwiesen.

Der Ärmste jedoch aus einem armen Land
ist für einen noch Ärmeren im Vergleich
als wohlhabend noch benannt,
der über dessen Armen steht und daher noch immer reich.

So geht die Spirale immer wieder weiter,
bis zu den Menschen, der in der Höhle haust,
nur der Tod, der Menschen ständiger Begleiter,
die Gerechtigkeit der Schöpfung letztendlich beweist.

FREUNDSCHAFT

„Freundschaft!", fordert der Genosse Funktionär
von den Genossen, welche der Partei zugehören,
die zu erraten, das ist nicht schwer,
wenn sie sich gegenseitig dieses Adjektiv gewähren.

„Freundschaft!", bestätigt der andere Funktionär,
wie es bei den Genossen halt so Brauch,
schließlich gehört man doch zur gleichen Couleur,
obwohl das Wort eine Floskel wie Schall und Rauch.

Die Ideologie hat man lange schon abgeschrieben,
Marx und Engels hat man lange schon vergessen,
als sozialistischer Kapitalist hat es ja selbst getrieben
vom Machtrausch man ist besessen.

Man kämpft um Ämter und Multifunktionen,
und schnorrt und hortet den Mammon,
was ein Apparatschik alles in seinem Leben Stationen,
jeder Proletarier nur träumen kann davon.

Seid ihr die neuen Kapitalisten,
die vorgeben eine der Unseren zu sein?
Ihr lebt nicht mehr wie echte Sozialisten,
euer ganzes Treiben ist nur Schein.

Die Proletarier nur nützliche Idioten,
aber man braucht eine Basis, auf die man baut,
dafür muss der Partei man Treu auch geloben,
auch wenn man „Freundschaft!"
sich kaum zu sagen traut.

Und die Pfründe teilen sich die Funktionärsgenossen,
man kann dazu auch Freunderlwirtschaft sagen,
derweil werkeln die Hackler unverdrossen
und sich die Oberen nicht zu fragen trauen.

Wer der Hierarchie so richtig bucklig diente,
da schneit vom Parteihimmel so mancher lukrative Posten,
und wie es sich für ein richtiges Arschloch halt geziemet,
nichts anderes als die Apparatschiks
im untergegangenen Osten.

Würden Marx und Engels aus den Gräbern steigen,
sie würden euch, ihr scheinheiligen Gfraster,
aus eurem, aber uns versprochenen Paradies vertreiben,
die heraufbeschworen ein gesellschaftliches Desaster.

Wo bleibt die Gleichheit und die Brüderlichkeit,
die ihr selber so sehr gepriesen?
Wo bleibt der Menschen Gemeinsamkeit,
wo den einen Reichtum,
den anderen Armut ist beschieden?
Was habt ihr aus einer Idee gemacht,
welche eines Menschen würdig war?
Ausgenützt habt ihr eure von uns
an euch verliehene Macht,
ihr wurdet ärger als die Kapitalisten gar.

Zu nützlichen Idioten habt ihr uns gebrandmarkt,
dass euer Feudalleben ihr könnt frönen,
zu euren Domestiken uns gemacht,
und damit all unsere Ideale zu verhöhnen.

Rot ein Funktionär von außen ist bestrichen,
aber innen ist kapitalistisch er gefärbt.
Die Arbeitskluft dem Nadelstreif gewichen,
nur die roten Nelken, die wurden ihm vererbt.

Und beim Maiaufmarsch, da ziert die rote Blume
so manch feist gefressenes Gesicht.
Der marschierende Arbeiter weiß nicht,
dass er der Dumme,
der Bonze nur auf seine Stimme ist erpicht.

Denn im Gegensatz zum Osten,
da eine Demokratie ist unser Land,
könnten verlorene Stimmen
seine Pfründe kosten,
und noch dazu mindern seinen Stand.

So sind diese Bonzen mit dem Januskopfe,
lachen hier und weinen dort,
sie scheißen auf dich, du armer Arbeitstropfe,
denn sie haben vergessen Lenins Lehr und Wort.

ES SINNT DER MENSCH

Es sinnt der Mensch aus Langeweile,
womit könne er seine Zeit verbringen,
er hat viel Zeit und keine Eile,
derzeit auf Tripp, sich selbst zu finden.

Und als er endlich sich gefunden
und begriff, dass er der war,
der an keine Zeit gebunden,
wurde er sich seiner Freiheit gewahr.

Und so beginnt er nun zu sinnen
über die Leere seines zeitlos Sein,
womit könnt sinnvoll er seine Zeit verbringen,
die Zeit nur totzuschlagen,
das konnte es wohl nicht sein.

Und dass er viel an Zeit sein Eigen,
und schon dadurch prophylaktisch er bedenkt,
möcht seinen Namen mit Titeln er bekleiden,
bevor er nutzlos seine Zeit verschenkt.

Und so tat er sogleich auf der Uni inskribieren
und er begann sogleich mit der Philosophie,
gar fleißig tat er hier studieren,
doch befriedigt, das wurde er davon nie.

Er machte zwar den Magister
und den Doktor gleich dazu,
das alles war ihm jedoch viel zu wenig,
denn die ganze Philosophie hat er durchschaut im Nu,
denn er fand, die wäre doch ganz gewöhnlich.

Und dicht gedrängt und mit gar vieler Hektik,
begann er mit einer neuen Studiererei,
er studierte Maschinenbau und Technik,
und bewies damit, was für ein Techniker er doch sei.

Und so wurde er ein Ingenieur
und ein diplomierter gleich dazu,
aber auch das befriedigte ihn nicht sehr,
denn die Technik, die beherrschte er im Nu.

Und er studierte Sprachen und Physik,
Medizin und Chemie,
man bescheinigte ihm bereits einen Tick,
denn nun studierte er noch Astronomie.

Und die Titel standen langgezogen
vor seinem lächerlich kurzen Eigennamen,
die Titel mit dem Menschennamen waren nicht
mehr ausgewogen,
und so einen schalen Beigeschmack bekamen.

Doch noch etliche Fakultäten
waren von dem x-fachen Doktor und Ingenieur
noch zu absolvieren,
so hetzte er weiter zu den Bildungsstätten,
einen neuen akademischen Grad zu evaluieren.

Der Diplomarbeit folgte der Magister,
und der Doktor macht die Dissertation,
er hörte nichts von dem Geflüster,
das meinte, er gehöre in eine geschlossene Station.

Und die Hektik wurde immer stärker,
da immer weniger Zeit ihm blieb,
seine Titelsucht wurde immer ärger,
ein innerer Zwang ihn vor sich trieb.

Eines Morgens nach einer Nacht,
in der er wieder hat studiert,
fühlte er sich gar nicht wohl.
Ein Spiegel, den der x-fache Doktor,
Magister, Professor hat konsultiert,
bescheinigte ihm ein Gesicht, das blass, die Wangen hohl.

Ein Kopf, umkränzt von grauen Haaren,
von tiefen Furchen das Gesicht durchzogen,
er hat es nicht bemerkt in all den Jahren,
das Leben war an ihm vorbeigezogen.

Und es nützte nichts dem armen Toren,
dass sein Kopf mit Wissen vollgestopft,
gleich darauf ist nämlich er gestorben,
ohne den neuen Titel, den er doch noch so sehr erhofft.

Trotzdem kam er in das Buch der Rekorde,
unzählige Titel waren seinem Namen vorausgestellt,
sein Lebenslauf gekleidet in gar dürre Worte,
war er einfach der Mensch mit den meisten
Titeln auf der Welt.

In Wahrheit war er ganz und gar ein armer Tropf,
der studiert hat sein ganzes Leben,
und mit Wissen vollgestopft sein Kopf,
das war sein Leben dann gewesen.

Der Grabstein übersät mit akademischen Graden,
dahinter gar mickrig sein eigener Nam,
von den vielen Titeln wurde er schier begraben,
unter denen ihr Träger auch ums Leben kam.
So viel hat er nun für sich selbst studiert,
und so wenig für die Welt getan,
er hat sich nur sich selbst hofiert,
für die Menschen war und bleibt es ohne allen Belang.

DER SCHNÜFFELHUND

Der Hund, der schnüffelt, war ein Schnüffelhund,
sein Herr dagegen war ein Zöllner,
und beide machten sie so manchen Fund
und erschnüffelten so manchen Hehler.

Nur erschnüffelte besagter Hund
einen Sack voll feinster Drogen,
er tat es jedoch nicht seinem Herrchen kund,
sondern hat sich selber vollgesogen.

Nun rannt er, da glücklich war und high,
seinen Beamtenstatus hatte er vergessen,
an seinem Herrn und Kollegen mit dem Sack vorbei,
denn der konnt seine Beute wohl ermessen.

Nun man munkelt in der Szene,
es gäbe einen dealenden Drogenhund,
der hätte eine zottelige Mähne
und seinen Stoff hätte er aus einem Fund.

Aber der sei von allerfeinster Qualität,
wie solchen selten man geschnupft
und solchen man sich immer wünschen tät,
was immer er kostet, man ist doch gut betucht.

Und die Schickimicki-Szene zog den Stoff in sich hinein,
und der dealende Hund mit der Löwenmähne,
igelte sich in seinem Reichtum sein.

Und sein Herrchen schnüffelte noch immer an der Grenze
auf der Jagd nach den feinen Drogen,
er gehört doch zu den Spürhunden, die keine Schwänze,
sich noch nie mit Drogen vollgesogen.

So wird ehrbar, aber arm er verbleiben,
und wird vielleicht mit einem Orden ausgezeichnet,
nur arm, das wird er immer bleiben,
und noch dazu als dummer Hund bezeichnet.

DER STRAFZETTEL

Traubenweis verlassen sie die Wachstuben,
schwärmen in die Gassen raus,
füllen in aller Herrgottsfrüh
gar so böse Zettel aus.

Hast wieder mal verschlafen!
Ein bisschen lang war heut die Nacht,
hetzt in der Unterhose zu dem Auto,
der Strafzettel dir schon entgegenlacht.

Empört liest du den Zettel,
wurde dein Auto administriert,
Autonummer, Farbe und Marke,
und wofür die Strafe dir gebührt.

„801" so steht auf dem Scheine,
eine Minute keinen Parkzettel ausgefüllt,
kennt du einen Mann in Unterhosen, der alleine
um 8:02 Uhr auf der Straße brüllt.

Du folgst den Zettelausstellers Spuren,
um 8:03 hast du sie gestellt.
Dein Puls ist auf 150 Touren,
nicht viel zum Herzinfarkt dir fehlt.

Gar emsig schreiben die zwei Männer,
stecken Zettel um Zettel in die Scheiben,
um Geld zu kassieren für die leeren Kassen
und dann den Finanzminister zu erfreuen.

Und atemlos schüttelst du den Zettel
und brüllst und jappst nach Luft,
nur wird es dir nichts nützen,
wenn du nach Gerechtigkeit nur rufst.

Die Gerechtigkeit ist im Sumpf versunken,
wichtig ist, dass viel kassiert,
und der Staat kommt über die Runden,
auch wenn der Bürger seine letzte Hos verliert.

Drum schimpfe nicht auf die mies Kassierer,
es ist ihre auferlegte Pflicht.
Verjage endlich diese miesen Staatsruinierer,
die diesen Staat im Würgegriff.

Aber jetzt leg dich wieder ins Bette
und verschlaf und verträdle den übrigen Tag,
was du an diesem Tag verdientest,
hat für eine Minute abkassiert dein Staat.

BESCHISSEN

Es schiss eine Fliege an die Wand
Ein Sicherheitsbeamter sah's und sagt:
„Allerhand, wie kann eine Fliege sich so erdreisten,
auf eine Wand im Ministerium zu scheißen."

Und erstattet Anzeige bei der Staatpolizei,
da so etwas doch nicht rechtens sei,
denn solche Tat auf Amtsdeutsch heißt,
dass der Täter auf den Staate scheißt.

Und solcher Art eine Staatsgefahr.
Sollt es sein ein Revoluzzer gar?
Die Staatspolizei verfolgt mit viel Bravour
und mit Akribie die kleinste Spur.

Erstellt ein Täterprofil von besagter Fliege,
es war das Konterfei einer biederen Stubenfliege,
auch Fußabdrücke wurden vom Tatort genommen
und die Tatverdächtigen festgenommen.

Nächtelang wurden sie dann verhört,
wie es sich für die Staatpolizei gehört.
Durch Elektroschocks und Daumenschrauben
erfuhren sie der Folter Qual und Grauen.

Doch niemand der Gefolterten gestand die Tat,
dass er geschissen hat auf diesen Staat.
Doch der Schein sollt hier gar trügen,
denn mancher wird es weiter tun
und das noch mit Vergnügen

Und so mancher macht es auch
mit Verlaub, er haut den Hut darauf
und zeigt aus freien Stücken
diesem Staate seinen verlängerten Rücken.

Und weiter tat man flächendeckend nach dem Täter fahnden,
überwachte die Flugplätze, wo Fliegen landen.
Auf allen Misthaufen perlustrierte man die Fliegen
und hofft den Terroristen doch noch schnell zu kriegen.

Vergeblich sucht die Stapo ganz verbissen
die Fliege, die auf diesen Staat geschissen.
Doch den Übeltäter wird sie nicht mehr kriegen,
der Täter gehört zur Gattung der Eintagsfliegen.

DER WEISENRAT

Drei okzidentalische Weise sind in Österreich unterwegs.
Als Weise titulieren sie sich selbst.
Sie durchleuchten unser Volk und Land,
da wir gar zu oft als Naziland genannt.

Wenn sie nun schon beim Durchleuchten,
möge Marx und Engels sie erleuchten
und von Lenin, Stalin, Mao Zedong
erflehen sie für uns die Läuterung.

Denn in Österreich, da hockt in jedem Eck
ein kleiner Hitler noch versteckt,
und auch an ganz versteckten Ecken
sind unübersehbar braune Flecken.

Und in der Schule ist der Hitlergruß
für alle Schüler ein befohlnes MUSS.
Und in der Feuerwehruniform marschiert
die SA als biedere Feuerwerker wohl kaschiert.

Auf den Kirchtürmen die Gotteskreuze
sind getarnte Hakenkreuze
und in der Disco tanzen all die Jungen
vom Geist des Wehrsports und der Marschmusik
durchdrungen.

Aber die drei schlauen okzidentalischen Weisen
sollen unser Faschistentum doch beweisen,
daher vor diesen drei Klugen, die göttergleich,
zittert vor Angst das halbe Österreich.

Aber diese suchen verzweifelt am Horizont
den bethlehemischen Stern, selbst wenn er geklont,
dass er ihnen den Weg möge weisen,
damit sie sich endlich als Weise erweisen.

Auf den Straßen all die vielen Neger
sind doch nur rußgeschwärzte Schornsteinfeger.
Die Farbigen sind nur multicolor bestrichen,
sodass blasses Weiß der Multikultur gewichen.

Babylonisch wird in unserem Land gesprochen,
das Deutsche nur mehr sehr gebrochen.
So täuschen wir die halbe Welt,
wie es in Wahrheit um uns bestellt.

Mit preußischem Stechschritt unserer Garde defiliert
und ihren Führer verstohlen zum Geburtstag gratuliert,
welcher geschmeichelt aus den Wolken lächelt,
derweil er zugleich mit seiner Eva techtelmechtelt.

Unsere Luftwaffe ist auch nicht ohne.
Als Tarnung verwendet sie Heißluftballone,
aber im Inneren, da rauschen die Düsen
und nur zum Schein sie sich vom Winde verblasen ließen.

Die alpinen Schützenvereine sich entpuppen
als SS getreue Elitetruppen,
die mit ihren Böllern und Steinschlossgewehren
den Feinden die Einnahme der Alpenfestung verwehren.

Und das Bundesheer steht mit Genuss
seit fünfzig Jahren Gewehr bei Fuß,
um zu kämpfen für das große Deutsche Reich.
Oh nein, nicht für das kleine Österreich.

Das wird auch nur von seinen Freunden angegriffen,
nazifiziert, ausgebuhlt und ausgepfiffen,
und die Zukunft wird wohl zeigen,
ob sie weiterhin auch unsere Freunde bleiben.

Wir Österreicher sehen all das sehr gelassen,
wenn 14 Freunde uns auch gar so hassen.
Nur die Vernaderer im eigenen Haus,
liebe Österreicher, die sind der wahre Graus.

Und die, die mit Klugheit uns gar so belehren,
sollten vor ihren eigenen Türen kehren.
Denn wenn man selbst so viel Dreck am Stecken,
sollte man den eigenen Mist verdecken.

PS: Aber könnten die drei Weisen aus dem Okzident
uns vor dem Absturz des Euro nicht bewahren
oder sind sie dafür nicht kompetent
nur in der Faschistenhatz erfahren

Solche Probleme sollte man doch lösen
nicht mit kindisch Geplänkel abzulenken.
So erst wird dieser Euro eines Tages
das EU-Schiff (mit und) wegen seiner
Leichtigkeit versenken.

DIE LOBBYISTEN

„Wir müssen", sagte der Lobbychef,
„hinhaltend Widerstand leisten,
denen, die unsere Interessen stören,
und Unerhörtes sich erdreisten."

Denn wir sind wir. (im Chor)

„Wir lassen uns unsere wohlerworbenen Rechte
nicht schmälern – da sie wohlerworben.
Wir sind Herren und keine Knechte,
dafür sind wir so stark geworden."

Denn wir sind wir. (im Chor)

„Was kümmert uns, wenn schlecht die Zeit
und andere am Hungertuche nagen.
Wir sind stark und allezeit bereit
für uns zu kämpfen und unsere Rechte einzuklagen."

Denn wir sind wir. (im Chor)

„Denn wir sind wir – das ist unser Motto.
Und wir werden unsere Stärke demonstrieren,
zum Teufel, was scheren uns die anderen,
sollen sie doch allesamt krepieren."

Denn wir sind wir. (im Chor)

„Ob einer Gesinnung wir verpflichtet?
Das schon, aber nicht so stark,
das einer von uns verzichtet,
und sei es auf eine müde Mark."

Denn wir sind wir. (im Chor)

„Wir sind wir und alle sollten doch begreifen,
dass wir nicht bereit,
auch nur einen Deut
von unseren Rechten abzuweichen."

Denn wir sind wir. (im Chor)

„Solidarität kennen wir nur für unsereins,
die anderen sollen sehen, wo sie bleiben.
Opfer bringen wir sicher keins,
man sollt uns nicht zum Äußersten treiben."

Denn wir sind wir. (im Chor)

„Sonst demonstrieren wir unsere Stärke
und zeigen, wer wir sind.
Wir sind lauter Kampfbewährte
und wissen, dass der Stärkere gewinnt."

Und das sind wir. (im Chor)

„Wir lassen unsere Muskeln spielen,
die Faust zum Kampf bereit,
gemeinsam wir unsere Parolen brüllen,
so war es früher und so ist's heut."

Denn wir sind wir. (im Chor)

„Mit starken Armen greifen wir in der Wirtschaft Speicher,
halten die rollenden Räder an,
stellen nach unseren Zeilen die Weichen,
und legen, wenn wir wollen, die Wirtschaft lahm."

Denn wir sind wir. (im Chor)

PLEITEGEIER

Große, schwarze Limousinen brausen über schmale Straßen
in einer finsteren, regnerischen Nacht,
drin sitzen finstere Männer mit hochgestelltem Kragen,
die verbergen müssen ihre Willkür und Macht.

Quietschend wird ein Tor geöffnet
zu einem einsamen Schloss im tiefen Forst,
es ist das Ziel der vermummten Männer,
der Pleitegeier brütet hier in seinem Horst.

Spärlich dringt durch trübe Scheiben,
düster Licht aus dem alten Schloss,
die Verschwörer eilen hinauf die Treppe,
verschwinden im Haus – voran ihr Boss.

Hängen ihre Hüte auf einen Haken
und die Mäntel gleich dazu,
klopfen leis sich auf die Schulter,
um nicht zu stören – denn der Pleitegeier, der schaut zu.

In dem großen Rittersaale,
in dem Raubritter sich der Völlerei ergaben,
hängt das Konterfei vom Grafen Rabenschlund,
auf der Schulter einen schwarzen Raben.

Zur Stund sitzt auf der Tafel aufgereiht
die Regierung vom österreichischen Staate,
und hinter dem Regierungschef
steht der Räuberhauptmann Pate.

Auf des Kanzlers Schulter sitzt der Geier,
wippend auf seinem dürr Gebein,
stellt krächzend den Regierenden die Frage,
nicht sein oder sein.

Nun fordert der Regierungschef,
erhebt die Hände ihr zum Schwur,
dass niemand gewesen in diesem Schlosse,
und dass nie gab es diese Geheimklausur.

Und alle hoben rasch die Hände,
wie es sich von Politikern so gehört,
für solche ist es auch problemlos,
wenn man mal Falsches schwört.

Der Staatschef öffnet seinen leeren, schwarzen Koffer,
den möchte er mit Milliarden wohl gefüllt,
und die können wir uns wahrhaft holen,
sind wir dazu nur fest gewillt.
Und er liest von seinem großem Blatte,
schaudernd hört es Graf von Radelschlund,
selbst sein schwarzer Rab erstarret,
beginnt fürwahr die Geisterstund?

Und dies und jene Steuern werden höher,
und das und jenes gleich dazu,
so haben wir alsbald bedecket
unser Salär und das Defizit im Nu.

Man muss nur allen Leuten
glaubhaft machen,
wie gut es ihnen geht,
obwohl ihnen das Wasser
doch bis zum Halse steht.

Und dass sie auf einer Insel leben,
die von Seligen ist bewohnt,
und dass sie die Auserwählten
und mit solche einer Regierung noch belohnt.

Man führe dem Volke auch vor Augen,
wie schlecht es in der Dritten Welt,
wie die in bitterer Armut leben,
und wie richtig, dass sie uns gewählt.

Es ändern sich die Zeiten,
denkt an des Kaisers neue Kleider,
der in all seiner erbärmlich Nacktheit
noch immer froh und heiter.

Nun steigt auch Gräfin von Rabenschlung
empört aus ihrem Bilde,
beschimpft ihren Gatten als blöden Hund
und als Versager seiner Gilde.

„Ja, ja", verteidigt sich der Räuberhauptmann,
„jeder, der von uns ward ausgeraubt,
dem ließen wir die letzte Hose an,
fürwahr ich an Gerechtigkeit geglaubt."

„Mit einem elend großen Stümper
teilte ich Tisch und auch das Bett,
die teilen hier sich die fette Beute,
und fressen alles für sich weg."

Der Geier schlug die Flügel,
es zuckt die Kerzenflamm,
noch einmal muss er passen,
es war die letzte Hos – aber was dann.

Vom Haken nehmen sie Hut und Mantel,
stellen hoch den Kragen auf,
klopfen leis sich auf die Schulter
und eilen in die Nacht hinaus.

Zerknirscht steht vor seiner Räubersfrau
der Raubritter, Graf von Rabenschlund,
es rettet ihn vor weiterem Gezeter,
dass zu Ende war die Geisterstund.

DER UNTERSUCHUNGSAUSSCHUSS

„Wir werden", sagte der Vorsitzende zu den Sitzenden,
„wir werden die Misere beenden
und beauftragen einen Kreis von Wissenden,
die das Problem durchdenken."

Also sprach er mit sonorer Stimme:
„Eine Kommission von klugen Leuten bilden,
die durchleuchten in unserem Sinne
und ansonsten sich in Schweigen hüllen.

Wer dafür ist, hebe hoch die Hand
wer dagegen, behalte es für sich.
Bei uns, wo jeder für jeden stand,
die Scheiße jetzt jeden von uns trifft."

Alle reckten ihre Hände steil nach oben,
drauf der Vorsitzende sich vom Stuhl erhob,
drauf alle Sitzenden sich erhoben,
der Vorsteher dankt den Stehenden dafür mit Lob.

Und die Kommission arbeitet wie erwartet
und das Ergebnis war in ihrem Sinne sehr korrekt
Das Spiel war unausgesprochen abgekartet,
die Kommission hatte nichts Gesetzwidriges entdeckt

Und der Vorsitzende erhob sich vor den Sitzenden
die Sitzenden von den Stühlen,
hier liegt vor das Ergebnis der Allwissenden,
die sich ansonsten in Schweigen hüllen.

Alles war rechtens, war also rechtens und wahr.
Sie waschen rein unsere ohnehin reine Weste,
wenn nicht noch weißer gar,
denn es gibt nicht einmal der Flecken Reste.

Und frenetisch tat er in die Hände klatschen
und all die anderen klatschten mit,
jedes Mal gaben sie der Gerechtigkeit 'ne Watschen
und dazu noch einen kräftigen Tritt.

DER SANDLER

Ein Sandler räkelt sich in der Sonne
im Stadtpark auf einer Gartenbank,
mit unten nichts und ohne ohne,
nur mit einer Flasche in der Hand.

Er träumt, er sei auf den Malediven,
wo die Sonne heiß vom Himmel brennt,
nimmt er einen tiefen Schluck im Liegen,
im Rausch er sich im Paradies wähnt.

Gegenüber auf dem Bänklein sitzt eine Nonne,
gar fromm und versunken im Gebet,
sie dankt ihrem Herrn für die herrlich scheinende Sonne,
und dass als Braut er sie hat erwählt.

Und keusch der Blick, den Kopf gesenkt,
betet leis aus ihrem Buche,
doch wohin hat der Teufel ihren Blick gelenkt,
sie war erlegen seinem Fluche.

Vom männlichsten an diesem Mann, der männlich,
konnt kein Auge sie nicht wenden,
das erste Mal war es nämlich,
sah sie's, was ein Mann so an den Lenden.

Und mit einem spitzen, erlösenden Schrei
erlebt erstmal sie ihr weiblich Wesen
und zuckt und ward entzückt zugleich,
als wär bereits im Himmel sie gewesen.

Der Schrei erreichte zwei Polizisten, die gerade
auf Patrouille,
und da sie beste Bildung im Erkennen,
erkannten sie jemand stak in der Bredouille,
und taten nach dem Tatort rennen.

Mit ihren polizeischulmäßig geschulten Augen
haben sie den Tatverdächtigen sogleich eruiert,
der Bürger mocht es gar nicht glauben,
was einem Polizisten so alles im Dienste so passiert.

Der Täter liegt glückselig lächelnd noch am Strande,
gafft einer schönen Braunen nach,
wälzt sich vergnügt im weißen Sande,
da nähert sich das Ungemach.

Es werfen dunkle Wolken ihre Schatten,
die da trüben das grelle Sonnenlicht,
Polizisten sind's in ihren amtlich Kappeln,
sodass jäh sein Paradies verblich.

„Stehns auf, Sie nackerts Würstel, Sie!
Bedecken Sie Ihre schamlos Blöße,
so unbekleidet treibt's auch das dumme Vieh,
auf meines Vaters steirischem Gehöfte."

„Ja, ja", quäkt's unter des zweiten Polizistenkappel,
„in der Stadt, oh Gott, ihm sei's geklagt,
hat jeder Zweite einen Rappel,
und Gott verdamm mich, wenn ich was Falsches
hab gesagt!"

Da hob der Sandler sich von seinem Lager,
und stiert benommen in die Höh,
er blickt entsetzt die beiden Staatsbewahrer,
und grunzt ungläubig: „So schnell vom Himmel
in die Höll?"

„Erschwerend ist für Ihr schändliches Verhalten,
dass vor einer Klosterfrau Sie es getan,
von ihrem Chef werden Sie noch eine zusätzliche
Strafe erhalten,
was Sie seiner Braut und somit ihm angetan."

Der Sandler lallt: „Was suchen Sie hier auf den Malediven?"
Er konnte und wollte es gar nicht fassen,
was all für Unglück im Leben ihm schon beschieden,
und sich tröstend nimmt er einen tiefen Schluckt aus
seiner Flasche.

„Was stört er mich auf meinem weißen Strande?",
lallt der Sandler die Flasche leerend,
„Bleibt bei euch in eurem Lande,
ihr Kieberer, ihr seid hier nur störend."

„Wollen Sie die Staatsgewalt gar provozieren?",
das erste Kappel wird gar bös und grantig,
„Unseren Stand zu kompromittieren,
da werd ich aber hantig."

Dazu bekräftigte das zweite Kappel,
dass zwar jeder zweite Mensch in der Stadt,
aber kein Polizist einen Rappel,
und dies dazu die Statistik bewiesen hat.

Nun sagt der Sandler zu dem zweiten Kappel:
„Die Statistik ist ganz schön getürkt,
denn jeder Polizist hat einen Rappel,
den er aber unter seinen Kappel nur verbirgt."

Nun erhebt die Nonne sich von ihrem Sitze:
„Meine Herrn Polizei, der Mann, der hat doch nichts getan,
es ist die Sonne, es ist die Hitze,
von der er einen Sonnenstich bekam."

Und begehrlich schielt sie nach dem Mann, der männlich,
und konnt das Auge nicht mehr wenden,
zum ersten Mal, da sah sie nämlich,
was ein Mann so alles an den Lenden.

Da lüften die zwei Polizisten ihre amtlich Kappeln,
kratzen sich verlegen an den Haaren,
die Nonne verspürte wieder dieses Krabbeln,
und betet: „Oh Herr, mögest du mich vor weiterer
Lust bewahren!"

„Verschwinden Sie, Sie nacktes Würstel Sie!",
schreit das erste Kappel mit zornig Stimme bebend,
„verführt haben Sie die eine, die sonst noch nie
und die nur nach dem Himmel strebend!"

Bedrückt entfernte sich nun die verführte Klosterfrau
von der Stätte jungfräulichen Erlebens,
wo sie durchlebt den Supergau
und die Eruption weiblichen Erdbebens.

„Schleichen Sie Ihnen, Sie ausgschamts
Nudistenschwein!",
sagt der Polizist mit dem zweiten amtlich Kappel,
„Sonst sperren wir Sie noch im Häfen ein
und lassen Sie dort zappeln!"

„Zuerst stören Sie mich in meinen Traumgefilden,
vertreiben mich vom weißen Strand,
wo ich frei wär, mit oder ohne alle Hüllen,
jetzt bekomm ich aber einen Grant!

Und man drohet mir mich noch einzusperren,
Ihr Kieberer und Wappler, die Ihr seid,
ich werde mich dagegen wehren,
und verklage Sie noch heut!"

Vom Alkohol in der Sonne aufgeheizt,
wird der Sandler ganz erreget.
Wie seltsam, was so manchen Mann gar alles reizet,
und seine Männlichkeit beweget.

Nun standen Gaffer schon auf allen Seiten,
von der Neugierde gar arg geplagt,
man weiß doch von all den tumben Leuten,
deren Größe nur von der Dummheit wird überragt.

Polizisten haben auf die Moral zu achten,
so steht es schon in jeder Verordnung und Gesetz,
so müssen die Untertanen sie überwachen,
und sei das Gesetz auch nur leeres Geschwätz.

Der erste Polizist nimmt seine Kappe nun vom Kopfe,
hängt es an den Ort des Anstoßes drauf,
beide führen ab den kappelverhangenen Tropfe,
da hat nur der zweite Polizist noch ein Kappel auf.

DAS URLAUBSSCHWEIN

Er saß im Hinterhof auf dem Balkon,
und bohrte in der Nase,
was weiß ein Fremder schon davon,
von solch göttlicher Ekstase.

Er saß auf dem Hinterhof auf dem Balkon,
wo kein Sonnenstrahl sich je verirrte,
was weiß ein Fremder vom Balkon,
den nie eine Blume zierte.

Er saß im Hinterhof auf dem Balkon,
und roch der Küche Düfte,
was weiß ein Fremder schon davon,
von solch stinkenden Gelüfte.

Er saß im Hinterhof auf dem Balkon,
umringt von hohen Türmen,
was weiß ein Fremder schon davon,
wenn Wände steil nach oben stürmen.

Er saß im Hinterhof auf dem Balkon
und schaut nach einem winzigen Firmament,
was weiß ein Fremder schon davon,
dass man ihn auch Himmel nennt.

Er saß im Hinterhof auf dem Balkon,
und soff den Fusel in sich rein,
was weiß ein Fremder schon davon,
was er für ein armes Urlaubsschwein.

Er saß im Hinterhof auf dem Balkon,
ringsum die Wand so kalt und leer,
was weiß ein Fremder schon davon,
es war sein gebuchter Blick aufs Meer.

Er saß im Hinterhof auf dem Balkon,
bleichend in der aufgemalten Sonne,
was weiß ein Fremder schon davon,
von solch unterirdischer Wonne.

Er saß im Hinterhof auf dem Balkon,
und sah zum Horizonte,
was weiß ein Fremder schon davon,
wie der Maler sein Gebuchtes klonte.

Er saß im Hinterhof auf dem Balkon,
und sah das Schifflein Segel blähen,
was weiß ein Fremder schon davon,
wenn Schiffsfahnen vom Malerpinsel im Winde wehen.

Er saß auf dem Hinterhofbalkon,
und schaut ins blaue, aufgemalte Meer,
was weiß ein Fremder schon davon,
für echtes Wasser gab der Maler keine Gewähr.

Er saß auf dem Hinterhofbalkon,
und trinkt den Whiskey in sich rein,
was weiß ein Fremder schon davon,
wie er gelegt herein.

Er saß auf dem Hinterhofbalkon,
und stürzt sich in die blauen, aufgemalten Fluten,
was weiß ein Fremder schon davon,
wie betrogene Urlauber verbluten.

Einst saß er auf des Hinterhofs Balkon,
jetzt liegt er in des Hofes Grunde,
was weiß ein Fremder schon davon,
von des Hinterhofurlaubers letzter Stunde.

Nun sitzt niemand auf dem Hinterhofbalkon,
Flaschen und Sessel sind jetzt leer,
was weiß ein Fremder schon davon,
von einem Hinterhofbalkon mit aufgemaltem Himmel,
Strand und Meer.

DER INSPEKTOR

Kennen Sie den Inspektor Hierbelkleiner,
der den Dienst nach Vorschrift so korrekt versieht,
aber unter den vielen ist er nur einer,
der in der Uniform so richtig erst erblüht.

Und wie er in solch goldbeknöpftem Gewande,
das mit Sternen und Streifen gar so geil bestückt,
aus den Proleten formet einen Grande,
der zu sein er sich auch brav bemüht.

Und wie stolze und würdig traget er die Mütze,
die von goldenen Kordeln reich reichkränzt
und die Concorde ranget in der Mitte,
wie strahlend sie doch am Kappel glänzt.

Das alte Sprichwort „Kleider machen Leute",
die Uniform ist potenziert,
das war gestern so, das ist es heute,
so ist der Uniformträger geradezu prädestiniert.

Dem Frust, der ihm zeit seines Lebens widerfahren,
sei es, als er noch in den Windeln hat geschissen,
es besserte sich nicht mit den Jahren,
wie viel er auch dienerte und ward beflissen.

Doch dann zog er an die Uniform,
das steigerte sein Selbstwertgefühl,
und der Machtrausch in ihm, der stieg enorm,
dafür gibt ihm die Uniform so viel.

Der Hierbelkleiner verkörpert halt die Staatsgewalt,
das war schon zu Kaisers Zeiten so,
eine waffenbehangene in Uniform gezwängte Gestalt,
das ist und war schon immer so.

Und der Inspektor Hierbelkleiner
mit dem finsteren Gesicht,
so böse schaun, das kann sonst keiner,
wenn er dich bei einem Verkehrsdelikt erwischt.

„Haben Sie Ihnen nicht angeschnallt,
Sie haben sich falsch geparkt,
Sie haben, Sie haben!", es den Sündern entgegenschallt.
Seine ehemalige Lehrerin, sie parkt in zweiter Spur,
mit Genuss rügt er sie, bevor er sie bestraft,
für das Zeugnis, es ist die Rache pur.
Es ihm jedoch Befreiung schafft.

Sie fleht, er möge den Zettel doch zerreißen,
sie hat in dem Inspektor den Schüler nicht erkannt,
sie weint und meint, sein Herz so zu erweisen,
und vermeint, zu Damen wären Polizisten doch galant.

„Vorschrift ist Vorschrift!", sagt dazu die Uniform,
nickt dazu die beschirmte Mütze,
da ruht der Keim der Polizistenzorn
über die blöde, alte Zitze.

Und süffisant lächelt er hinter seinen Sonnenbrillen:
„Gnä' Frau, so ändern sich die Zeiten,
nun geht's nicht nach Ihrem und der Schule Willen,
das sollten's endlich Sie begreifen!"

Nun endlich hat den ehemaligen Schüler sie erkannt:
„Bist du's, sind Sie's, sind Sie nicht der Hierbelkleiner?
Fesch schauns aus in diesem Gewand,
und in der Schule, da warns noch kleiner!

Ach, wie bin ich immer stolz und froh,
wenn aus meinen Schülern was Rechtes ist geworden."
Und denkt, noch dazu, die dumm wie Stroh,
man hat mit diesen gar so viele Sorgen.

Bewundernd schaut sie ihren ehemaligen Schüler an
und ist entzückt über diese stattliche Gestalt,
was so eine Uniform so alles kann,
und noch dazu verkörpert sie die Staatsgewalt.

Nun nimmt der Polizist galant,
er weiß, was er seiner Lehrerin schuldig,
den Strafzettel aus der Hand,
die ihn einstens nie aber jetzt so gehuldigt.

Er zerriss den Zettel und lächelte charmant,
erleichtert lächelte sie zurück,
wie oft werden Polizisten doch verkannt,
auch die Hierbelkleiner, die mit dem finsteren Blick.

BÜROKRATEN

Die Feder schreibet nur ganz empört über eine
maßlose Bürokratie
und damit heraufbeschwört eine gegen den Bürger
beispiellose Infamie.

Denn diese Domestiken, die eitel und voller Hochmut
als die Wahrer des Staates sich verstehn
und mehr Macht, als ihnen guttut,
und herrschend über des Bürgers Leben.

Und sie schreibet viele der Geschichten,
was ihr an den Bürokraten gar nicht passt,
die schamlosest über die Bürger richten
und deswegen werde sie so sehr gehasst.

Und sie schreibet die Geschichten weiter
über Dinge, die sie hat gehört,
und die klingen gar nicht heiter,
die Bürokraten wären allesamt gestört.

Ein Bittsteller kam in ein hochwürdiges Amt
obrigkeitsgläubig und unbescholten,
er war mit einem Duckmäuschen verwandt,
so stand er vor den Beamten erschreckt und unbeholfen.

Er stottert frei aus sich heraus
und stotternd bracht er auch sein Anliegen vor,
und stotternd wurde eine Affäre daraus,
durch diesen armen immerfort stotternden Tor.

Und der Bittsteller stottert immer weiter,
sodass der Beamte gar nichts mehr versteht,
und das Stottern bleibt sein ständiger Begleiter,
weil dem Bittsteller das Stottern nicht vergeht.

Da wurde der Beamte aber böse,
„Reden Sie, ich habe keine Zeit!"
Gab's Gott, dass er von dem Stottern ihn erlose
und zum normalen Sprechen er bereit.

Doch Gott hat den Bittsteller nicht erhöret,
dessen Mund geht nur mehr auf und zu,
der die heilige Jungfrau auch beschwöret
und den heiligen Geist dazu.

Doch bei beiden stoßet er auf taube Ohren,
sodass dem Bittsteller gar nichts anderes übrig bleibt,
obwohl er rein und unverdorben,
als dass den Teufel er sich einverleibt.

Sein Gesicht wurde eine böse Grimasse
und düster pfaucht's aus seinem Mund:
„Wie ich euch alle hasse!",
kommt's teuflisch schier aus dem Höllenschlund.

Seine Augen werden glutig
und die Hörner wachsen auf der Stirn,
seine Lefzen werden blutig,
das tat den Beamten aber arg verwirren.

Aus einem Duckmäuser wurde der Satan,
so etwas hat der Beamte noch nie erlebt,
der stampft noch mit seinem Pferdhufe,
dass der Boden der Amtsstube erbebt.

Der Beamte, der war sehr erschrocken
ob des Bürgers Hass und Zorn,
schier haute es ihn aus den Socken,
dass aus einem Duckmäuser ein Satan ward geboren.

Nun aber stottert der Beamte,
als er des Bürgers zorniges Antlitz sah,
ihn schier die Furcht übermannte,
ihn schien's, als wär's der Leibhaftige gar.

„Bitte sehr, was wünschen Sie?",
gar höflich nun der Beamte fraget,
das tat er sonst noch nie,
denn nun war er von der Angst geplaget.

Und der Bittsteller fordert seine Rechte,
welche der Beamte ganz und gar sofort erfüllt,
und alles, was der Bürger möchte,
war zu gewähren der Beamte jetzt gewillt.

Und der Beamte denkt an seinen Schöpfergott,
der ihn ganz und gar verlassen hat,
er fleht von dem Himmel in seiner Not,
inniglich er ihn darum bat.

Den Beamten jedoch der Herrgott gleich erhöret,
gehörte er auch zur Hierarchie,
der er ihn seine Bitte nicht verwehret,
hat er doch selbst erfunden die Bürokratie.

Unter den Oberengeln und den Seraphinen,
hat er sie nicht zu dem, was sie sind, gemacht?
Und manche sollten ihm nicht dienen,
sogar einen Aufstand haben sie gegen ihn entfacht.

So ist Gott doch Chef aller Bürokraten,
auch will, dass die Menschen ihm seien untertan,
und sogleich seine Engel Luzifer vertrieben hatten
und ein Duckmäuschen wurde wieder aus dem Mann.

Der Bürger stottert darauf wieder gar unbeholfen,
wie es eben der Duckmäuser Art,
der obrigkeitsgläubig und unbescholten
und stottert, wie vordem er gestottert hat.

Da wird wiederum seiner Macht bewusst der Beamte
und brüllt wiederum den Bittsteller an,
um ihn gleich darauf aus der Amtsstube verbannte,
denn es überkam ihn wieder der Bürokratenwahn.

Doch nun wird der Bürger aber böse,
denn der Teufel hat ihn nun erfasst,
Gott gebs, dass er ihn von ihm erlöse,
denn der Satan hat ihn um seinen Verstand gebracht.

Und er stürmet in die Stube,
und er würgt das Beamtenschwein,
nachher fand er seine Ruhe
und fröhlich pfeifend ging er heim.

DER RATHAUSMANN

Auf dem Rathaus steht der Rathausmann,
mit seiner im Winde flatternden Fahne,
das Schwert in der einen Hand hält er sodann,
in der anderen die Fahnenstange.

Nun drängt ihn ein allzu großes menschliches Bedürfnis,
nun hat er keine Hand mehr frei,
auch käme er mit dem Bürgermeister in ein gar
arg Zerwürfnis,
machte er von oben derlei.

Nur unbewacht kann das Rathaus er nicht stehen lassen,
bis seine Notdurft er hat vollbracht.
Ein Mensch im gleichen Drange kann es erfassen,
und hätte es von oben wohl gemacht.

Doch eisern steht der Rathausmann,
trotzend den elementaren Gewalten,
was ein eherner Ritter alles kann,
nur der Blasendruck tat Sorgen ihm bereiten.

Und eines Tages wird der Druck gar riesengroß
und das Schwert in seiner Hand beginnt zu zittern,
und tat das, als er saß noch hoch zu Ross, und
üblich unter Rittern.

Und der Rathausmann, er lässt es endlos rinnen,
verbrunzt dadurch die ganze Stadt
und es rinnt von den Rathauszinnen,
bis er sich entleert hat.

Und der Bürgermeister darüber sehr erschrocken
und mit ihm der gesamte Gemeinderat,
verzweifelt sie in der Gemeindestube hocken,
bis der Rathausmann sich ausgeleert hat.

Erleichtert thront nun der Rathausmann
auf einem steinernen Podeste,
und das Ganze wär sodann
die wienerische Pittoreske.

EIN MENSCH

Ein Mensch, der faul und voller Neid,
ärgert sich, wenn ein Fleißiger was geschaffen,
und sinnt in sich die ganze Zeit,
wie könnt man den für seinen Fleiß doch bestrafen.

Er verleumdet ihn und denunziert,
was der Fleißige gar alles hat verbrochen,
und lügt und erfindet ungeniert,
wenn auch alles war erlogen.

„Ist der Reichtum denn gerecht verteilt?",
fragte eine gleichgesinnte Meute,
die sie sich zu verneinen gleich beeilt,
denn es sind laut wie besagte Leute.

Der Neid, er wächst ihnen aus den Augen,
gelb wie Schwefel wurden sie,
ein ganz gewöhnlicher Mensch möchte es nicht glauben,
was solche Neider entwickeln für eine abwegige Fantasie.

Aber da solche Leute auch von der Dummheit
schwer geplagt,
so können sie die Wahrheit nicht durchschauen,
„Fleiß" heißt das Zauberwort, das sie nie erfragt,
aber diese Neider wollen es auch nicht glauben.

DER GEILE STREIFEN

Es sinnt der Modemacher ob der runden Dame,
die mit üppig Formen allzu gut bedacht,
die liebet allzu sehr Torte mit und ohne Sahne,
die von all den Köstlichkeiten allzu viel genascht.

Es fällt ihm ein, der geile, steile Streifen,
der Dicke lässt den Schlanken gleichen.

Denn es dehnt und streckt der geile steile Streifen,
manch gut gepolsterte Dame in die Höh,
und schlankt zur Höh allzu weite Breiten,
von den Nacken bis zur großen Zeh.

Gepriesen sei der steile, geile Streifen,
der Breites lässt in die Höhe schweifen.

Die üppigen Formen damit gut bedachter Damen,
welche ihre Taillen lange schon verloren,
passen nun in jeden schlanken Rahmen,
als wären sie ein zweites Mal geboren.

Gepriesen sei der steile, geile Streifen,
der Dickes lässt zum Schlanken reifen.

Was muss solche Dame sich noch quälen,
mit Kuren, welche ihre Gestalt vermindern,
wenn auf dem Kleid die geilen Streifen fehlen,
die mühelos ihr Gewicht verringern.

Gepriesen sei der steile, geile Streifen,
der dicken Damen lässt ihr Idealgewicht erreichen.

Eine gut gepolsterte Dame zwängt sich in einen
kleinen Wagen,
der ächzt und stöhnt unter ihrem Schwergewicht,
er meint, diese Last schier nicht zu ertragen,
und für ihn sei angebrochen das Jüngste Gericht.

Jetzt aber trägt die Dame ein Kleid mit geilen,
steilen Streifen,
und federnd schwingt der Wagen sich in die Höh,
und freudig erhoben sich platt gedrückte Reifen
durch den steilen, geilen Streifenschmäh.

Gepriesen sei der steile, geile Streifen,
der selbst verblendet Luft gefüllte Autoreifen.

Und federnd rollt nun der kleine Wagen,
beschwingt, weil bestückt mit den geilen steilen Streifen,
der vorher konnt kein Zentnergewicht ertragen,
nun bereit, mit jedem Straßenkreuzer sich zu vergleichen.

Gepriesen sei der geile, steile Streifen,
der nun will keinem Straßenkreuzer weichen.

Und weil der Streifen gar so steil und geil,
trägt eine fette Seiltänzerin ein Trikot mit diesen Streifen,
sie überlistet damit das straff gespannte Seil,
und konnt so das andere End erreichen.

Denn ohne Streifen auf dem Trikot, die steil und geil,
stürzt sie in die Tiefe, denn es riss das Seil!

Doch hat der steile, geile Streifen auch einen Haken,
wie so vieles in der Welt,
liegt sie entblößt vor dem Lover auf den Laken,
des geilen, steilen Streifen Trug entfällt.

Sie liegt vor ihrem Lover in ihrer vollen Breite,
entblößt von all den geilen, steilen Streifen.

Es sei gepriesen zwar der geile, steile Streifen,
doch für die Liebe ist er nicht relevant.
Wenn das die Menschen erst begreifen,
denn der geile Streifen ist kein Liebesband.

„Ich liebe dich", flüstert der Lover
auch ohne geile, steile Streifen,
und lässt verliebt seinen Blick um ihre Weiten schweifen.

Er liebt die Dame mit und ohne geile Streifen,
die gut gerundet und üppig von Gestalt,
er lässt sein Auge auf die geliebte Dame schweifen,
die Liebe ist eben von höherer Gewalt.

ÜBER ESEL II

Zu schwer sind für viele Menschen ihre Lasten,
und wenn sie keine Esel sind,
sie's gern den anderen überlassen,
wenn sich dafür ein Dümmerer find.

Diese tragen dann mit gekrümmten Rücken,
die Lasten, die ihnen die Klugen aufgebürd,
damit meinten die Klugen die Dummen noch zu beglücken,
nicht, dass sie diese an der Nase herumgeführt.

„Seht Ihr nicht, wie wichtig Ihr doch alle seid",
loben die Klugen dazu die Dummen,
„Ihr seid doch alle unentbehrlich Leut!",
und legen neue Lasten auf den Rücken, den krummen.

Die Dummen freuen sich ob der Klugen Lob
und tragen der Klugen Lasten, wie ihnen ward befohlen,
sie bekamen dafür auch Butter auf das Brot,
das die Klugen ihnen vorher gestohlen.

Doch eines Tages brach ein Dummer unter
all der Last zusammen, die ihm die Klugen auferlegt,
und er starb in Gottes Namen,
bis er am Jüngsten Tag wird auferweckt.

Die Klugen spendeten einen schönen Kranze,
halten eine Lobrede an seinem Grabe,
schilderten sein Leben in vollem Glanze,
und wie edel doch war sein Gehabe.

Was tat er nicht für diesen und für jenen,
und spendete er nicht da und dort?
Man braucht nicht weiter zu erwähnen,
er der jetzt an einem glücklichen Ort.

Und der Herrgott wird es ihm wohl danken,
was für seine Mitmenschen er getan,
wie wohl die Lobhudeleien zum Himmel stanken,
und hoffentlich kommen sie dort auch an.

Ob der Himmel wohl auch erkennet,
was der Gepriesen für ein armes Schwein,
und als arm im Geiste er benennet,
der entflohen aller irdisch Not und Pein.

Um ihn aufzunehmen in seine himmlischen Gefilde,
denn selig sind doch die im Geiste arm,
so sind die Klugen doch der Dummen Gehilfen,
auf dass Gott sich ihrer dummen Seelen erbarm.

DIE VORSTADT

In der Vorstadt steht ein kleines, altes Haus,
baut haben's es in der Biedermeierzeit,
der Schubert Franzl ging da ein und aus
und viele andere auch berühmte Leut.

Auf der Pirsch, da zog ein Immobilienhai
durch die jetzige Nobelgegend
auch an diesem kleinen Haus vorbei,
damit wollt er sogleich die Bauwirtschaft beleben.

Das Haus war klein, aber riesig war der Garten,
und Häuser passten drauf in sich rechnender Zahl,
Neureiche, die darauf schon Jahre warteten,
denn die Gegend, die ist erste Wahl.

Und der Zufall hat sich so ergeben,
dass man die alten Besitzer grad ins Altersheim verlegt,
und die jungen Erben wollten Auto und von der Welt
was sehen,
noch bevor die Alten das Zeitliche haben gesegnet.

Der Makler zahlte fette Preise,
dass die Erben waren sogar erstaunt,
und vertschüssten sich auf eine lange Reise,
fröhlich und verständlich gut gelaunt.

Und der Bagger schob das kleine Häuschen,
ohne viel Mühe macht's der Erde gleich.
Der Makler aber lachte sich ins Fäustchen,
denn das Grundstück, das machte reich.

Der Architekt, der baute viele Villen,
bis das Grundstück dann verbaut,
er konnte sie mit lauter Reichen füllen,
auch für ihn gab's eine erkleckliche Maut.

So waren alle sehr zufrieden,
sogar die Alten, die im Altersheim,
denn bald darauf waren sie verschieden,
bevor die Jungen noch daheim.

Und der Makler pirschet durch die Vorstadt,
die es einstens zur Zeit des Schubert Franzl war,
und wenn er wieder Glück hat,
findet er ein kleines Häuschen gar.

Ein Häuschen mit einem riesengroßen Garten,
idyllisch und gar so gut gelegen,
wo vorgemerkte Kunden schon darauf warten,
um die Bauwirtshaft zu beleben.

Die Plätze im Altersheim, die könnt er schon besorgen,
denn nach seinen Erfahrungen, die er gemacht,
sind diese Leute im Heim nie alt geworden,
an gebrochenen Herzen gestorben in der Nacht.

Und der Makler pirschet durch die Vorstadt.

AM TAG IST MIR SO RICHTIG FAD

Am Tag ist mir so richtig fad,
endlos lang ist so ein langer Tag,
wie ein Strudelteig zieht er sich hin,
leer und ohne allen Sinn.

Der Tag, der Tag, der Tag.

Welch Irrer hat die Arbeit denn erfunden?
Arbeiten, arbeiten, welch vergeudete Stunden,
das Unnötigste auf dieser Welt,
braucht man doch nur drucken, das notwendige Geld.

Die Arbeit, die Arbeit, die Arbeit.

Aber am Abend da leg ich richtig los,
warum gibt es die Tage bloß?
Denn man lebt doch nur in der Nacht
und an die hab ich den ganzen Tag gedacht.

Die Nacht, die Nacht, die Nacht!

Der Whiskey und all die irren Hasen,
in dem Revier zu jagen,
um im Rausche zu versinken,
im Suffe zu ertrinken.

In der Nacht, in der Nacht, in der Nacht!

Morgens in einem Bette zu erwachen,
daneben das Mädchen zu betatschen,
mit dem man den Rest der Nacht verbracht.

Die Nacht, die Nacht, die Nacht!

Welch Irrer hat den Morgen denn erschaffen!
Warum ließ er die Sonne nicht verschlafen?
Wie grell das Licht doch das Auge blendet,
wenn die Nacht sich zum Tage wendet.

Wir furchtbar ist so ein Tag, ein Tag, ein Tag!

Und verloren träume ich am Tage,
welch Freiheit mir die Nacht gebracht.
Die Nacht, die Nacht, die Nacht!
Warum gibt es doch den Tag, den Tag?
Da ist es mir so richtig fad.
Endlos dehnt sich so ein langer Tag, langer Tag ...

DAS AUTOFAHRERSCHWEIN

Es grunzt und pfurzt die alte Karre,
sie bockt und kocht und pfeift aus dem letzten Loch,
sie ächzt und stöhnt mit laut Geknarre,
aber trotzdem, sie fahret immer noch.

Drinnen sitzt am Lenkrad ein Gestörter,
haut auf die Hupe wie verrückt,
beschimpft die anderen mit lauter
unflätigen Wörtern,
er ist augenscheinlich der Wirklichkeit entrückt.

Er tippt vehement auf seine Stirne,
welche einen Hohlraum wohl verbirgt,
es fehlt dem Fahrer wohl das Hirne,
das von der Dummheit scheint erwürgt.

Sein Bleifuß drückt auf das Perventikel,
es raucht der Auspuff schwarz und stinkt,
ein Mensch, der so fährt, und so ein Vehikel,
nicht nur sich selbst um Leben bringt.

Die Bremsen kreischen an den Nippeln,
wenn er jäh auf die Bremse tritt,
rührt den Kochtopf er den Steuerknüppel,
als die Kontrolle ihm entglitt.

Dem Vorderen prallte er an die Stange,
ihn haute es durch die Fensterscheiben,
zu schnell war er in seinem Drange,
so konnte er auch schnell den Tod erleiden.

Was nützt daher der rosarote Schein,
der ihn zum Fahren wohl berechtigt,
wenn er selbst ein böses Schwein,
und von Dummheit übersättigt.

Doch auch ein Fahrer, der vollgestopft mit gut Manieren,
wird als Autofahrer ein niederträchtig Schwein,
lässt sich und andere auf der Straße krepieren,
wenn er glaubt, die Straße gehöre ihm allein.

So rasen all die dummen Schweine,
liegen verblutend auf der Straße schwarzen Asphalt,
denn sie glauben, die Straße gehöre ihnen alleine,
und sie beherrschen mit den Motoren tötender Gewalt.

So liegen sie an allen Ecken und auch Enden,
an Häusern, Laternen und Ihresgleichen zerschellt,
sie mussten so ihr Leben wohl beenden,
da den Tod als Gefährten sie erwählt.

Nur wenn Kinder liegen sterbend auf der Straße,
von einem Raser niedergemäht,
was gebührt diesem Autofahrerschwein als Strafe,
außer in auszuschließen aus unserem Gebet.

Doch von Strafen erwachen Tote nicht zum Leben,
und Krüppeln wachsen keine Glieder nach.
Kann man solchen Menschen denn vergeben,
oder wird gefordert Sühn und Rach?

Es ist, was man die große Freiheit nennt,
die man für sich in Anspruch nimmt,
welche die Fairness als Schwäche höhnt,
nur das eigene Ego die Raserei bestimmt.

Oh Herr, lass ruhen sie in kühlem Grabe,
störe ihre Ruhe nicht!
Dringt auch zu dir der Opfer Klage,
richte sie beim Jüngsten Gericht.

Dann lasse sie zur Hölle rasen
auf ihren Autos und dem Feuerstuhl,
lass den Teufel dazu ein Liedchen blasen,
wir waren heiß, aber fanden es dennoch cool.

Im Grunde waren es nur arme Schweine,
von Komplexen nur allzu sehr geplagt,
nun liegen ihre gebrochenen Gebeine
in der Grube, von Gewürme angenagt.

Unser Mitleid gilt nicht diesen Toten,
die ihr Schicksal selbst gefordert,
die gelockt selbst den Todesboten,
zu ihrem Tode ihn beordert.

Aber jenen, die an ihrem Grabe stehen,
und um jene Lieben weinen,
welche wollen diesen Tod nicht verstehen,
und Gottes harte Hand vermeinen.

Wie viel liegt doch in des Menschen Ermessen,
wenn ein Auto oder Motorrad er besteigt,
hat er wirklich die Verantwortung gleich vergessen,
wenn die Tachonadel steigt und steigt?

Berauscht von einem unstillbaren Drange,
das Tempo immer weiter zu erhöhen,
mit des Motors heulend Klange,
als Beherrscher der Straße sich zu verstehen.

Im Sarg, da liegt ein junger Mensch zerrissen,
der an einem Baume war zerschellt,
er ließ das Gefühl für Geschwindigkeit vermissen,
damit hat er selbst seinen Tod bestellt.

1000-mal stellt er sich der Gefahr,
entgeht ihr, provoziert stets von neuem,
so wurde ihm auch nicht gewahr,
dass seine Lieben Rosen über seinen Sarge streuen.

DER LÄRM DER ZIVILISATION

Der Lärm der Zivilisation
erschlägt seine Erfinder.
Schon stört sie Vogelgezwitscher und Hundegebell
und das Lärmen ihrer Kinder.
Ein Froschkonzert in einem Tümpel,
das können sie nicht mehr hören,
nach Tageslärm und Tagesstress
sie in ihrem Schlafe stören.
Das Geknatter eines Mopeds,
das das Trommelfell zerhackt,
ein fremdes Auto,
das vor der eigenen Einfahrt hat geparkt.

Der Lärm der Zivilisation
mit seinen grellen Farben und schrillen Tönen,
babylonische Irrenhäuser dicht gepfercht,
über welchen die Flugzeuge dröhnen.
Asphaltierte Straße kriechen
auf ihren Rücken blechernes Gewürm,
übelriechend,
Smogwolken verdecken das himmlischen Gestirn.

Der Lärm der Zivilisation,
das sind Flüsse so tot wie ihre Fische,
und Wüsten, die ehemals fruchtbares Land,
rußdurchtränkte Regentropfen
und Schneeflocken braun im Sand.

Der Lärm der Zivilisation
das Ozonloch in den Himmel hat gesprengt,
geöffnet einer todbringenden Sonne,
welche die Erde mit ihren UV-Strahlen hat versengt.

Und die aufgeheizten Ozeane,
welche Taifune und Springfluten gebären,
zeugen von der Menschen Wahne,
wenn Atolle versinken in den Meeren.

Der Lärm der Zivilisation
ist dabei den Menschen zu vernichten,
der Mensch betoniert die Erde zu,
denn er ist nicht bereit, auf irgendetwas zu verzichten.
Laut ist es geworden auf dieser Erde,
sodass der Mensch die Stille nicht mehr erträgt,
denn der Lärm ist sein Gefährt,
der Lärm der Zivilisation den Menschen erschlägt.

EIN KÜGELCHEN VON BLEI

Einer schenkt dem anderen ein Kügelchen von Blei
und meint, er gäbe eine Kugel reines Gold,
dazu was für ein edler Freund er doch sei
und der Beschenkte stünde ab nun in seinem Sold.

Der Beschenkte aber scheint von einfältiger Natur,
lobt er doch den Schenker, den er als Freund nur wähnt,
dieser wieder wähnt den Beschenkten als Lemur,
und ihm nur seine Einfalt gönnt.

Nun fordert der Schenker von dem, den er beschenkt,
für das Körnchen Blei eine Kugel Gold,
nur fälschlich der Schenker vom Beschenkten wähnt,
dass dieser sich wähnend in seinem Sold.

Doch Dankbarkeit hat mit Dummheit nichts zu tun
und jener gibt dem Schenker zwei Kügelchen von Blei,
um nun als opportun zu tun,
als ob es zwei Kugeln Goldes sei.

Und posaunt hinaus in aller Welt,
für eine Kugel, da gab er zwei,
wie großmütig er seines Freundes Hilf vergelt,
und was für ein großherziger Mensch er sei.

Da wurde der erste Schenker richtig böse
und sagt, was das doch alles für ein Unsinn sei,
und er gedenke, dass er das Rätsel löse,
mit zwei Kugeln, die waren nur Kügelchen aus Blei.

Nun wurde der Erstbeschenkte aber böse,
weil er denkt, dass der andere denkt, dass er ein Esel sei,
und das Doppelte ihm gäbe,
noch dazu Gold für ein Körnchen Blei.

Das ließ den Schenker er auch wissen,
und schickte ihm noch zwei Körnchen Blei,
dass der Erstschenker endlich seine Schulden tilge,
gab er für eins doch ganze Drei.

Das wiederum ließ der Erstschenker sich nicht gefallen,
dass er ein Wucherer sei,
und bereit drei Körner zurückzuzahlen,
wenn es auch nur die drei Körner sind aus Blei.

Und verbreitet unter die Leut,
welch edler Mensch er doch sei,
allen Menschen zu helfen allzeit bereit,
nicht nur schenken ein Körnchen von Blei.
So als gar viele Bettler von diesen hörten,
da schrieben sie gar viele Bettlerbriefe,
vermeinten sie jedoch einen Geistesgestörten,
da solche Aussagen auch drauf schließen ließen.

Und sie bettelten, und sei es nur ein Körnchen Gold,
dann kämen sie wieder auf die Beine,
der Erstschenker gab all seinen Reichtum für das
arme Volk,
nun war er arm und plötzlich ganz alleine.

Da kam der, der als Erster mit einem Kugelchen
Blei beschenkt,
und brachte ihm einen großen Klumpen Gold,
und dass der Freundschaft er gedenkt
und in Dankbarkeit diese Anerkennung zollt.

DER STAATSANWALT

Es steht ein satirischer Dichter
war einem österreichischen Richter,
angeklagt von einem Staatsanwalt,
der den Richter Folgendes beklagt:

„Dieser Dichter, lieber Richter,
ist eine Staatsgefahr,
wenn nicht ein schreibender Terrorist sogar
macht lächerlich unsere Bürokratie
und damit auch unsere Demokratie.

Meint, dass wir Metternich noch verbunden,
tat er lauthals in seinem Geschreibsel damit bekunden
und dieser sogenannte Dichter
schmäht uns als Gesindel und Gelichter.

Möchte einem Nestroy er wohl gleichen,
ein Querulant, der suchet seinesgleichen
Der Metternichs Geheimen immer ward entwichen,
aber seither sind mehr als 200 Jahre schon verstrichen.

Wir Demokraten sind nicht so dumm,
dass er uns tanzt auf der Nas herum.
Verächtlich macht all unsere Gesetze
mit seinem Schreiben bitterböse Hetze.

Und unsere Gesetzesdiener
überschüttet er mit Hohn und Spott.
Dieser widerlich schreibende Falott
meint, dass wir auf der Nudelsuppe herbeigeschwommen
und uns auf des Steuerzahlers Kosten sonnen.
Dieser widerliche Schreiberling.

Aber arbeiten wir nicht für das Volkes Wohl?
Was dann des Schreiberlings Kritik da soll.
Ich beantrage diesen Schreiber der Öffentlichkeit zu
entziehn,
Denn ich, der ich dem Volke dien',
in ein Irrenhaus einzuweisen."

Da sagt der Dichter unverhohlen:
„Ihr habt des Volkes Recht gestohlen,
habt mit falschen Gesetzen es entrechtet
und es dadurch geknechtet,
das arme, arme Volk."

„Ist diese Aussage nicht präpotent?
Ein jeder, der unsere wahrhaften Gesetze kennt,
die vor Wahrheit und Weisheit nur so trotzen."
„Aber vor Unterdrückung nur so strotzen",
sagt darauf der Schreiberling.
„Ergibt dieses Staatsgefüge überhaupt noch Sinn",
fragt er nun den Staatsanwalt.

Wenn einer eine Wurstsemmel vor lauter Hunger stiehlt,
ist das Gesetz denn nicht gewillt,
den hungrigen Dieben zu vergeben.
Muss sich da nicht der Unmut regen
über diese Verzweiflungstat?

Aber die Bonzen, die da oben,
die sich selbst und das ganze System ja loben,
die Millionen dem Volke stehlen,
Millionen verschieben und verhehlen,
kommen ungeschoren sie davon.

Kein Gesetz kann sie doch richten.
Gibt es juridisch viele der Geschichten,
die von den Herrschenden gemacht,
um zu bezeugen ihre Macht
und auf des Volkes Haupte treten.

Und mit Domizilen und den Jachten
sie nach des Volkes Vermögen trachten.
Und stehlen und nehmen ungeniert,
was ihnen nach ihrem Recht auch gebührt.
Du armer, armer Steuerzahler.

Und hast du einmal das Finanzamt nicht bezahlt,
kommt dann eben der Exekutor halt,
um dein Hab und Gut zu pfänden,
was du erarbeitet hast mit deinen Händen,
denn was Recht ist, das bestimmen sie.

Und der Finanzminister
mit dem anderen Gelichter,
den Bänkern und Spekulanten
und die ganze Abzocker-Partie
sollte man sie nicht am Galgen hängen,
ihren Hals nicht verlängern, um gar viele der Längen,
denn den Kropf, den kriegen sie nie voll.

Aber kriegt man diese Abzocker-Partie
nie, nie immer und niemals nie,
denn sie haben die Gesetze so gemacht,
die sichern ihre Macht.
Was willst du, kleiner Bürger, bloß?

Und sie fahren mit den Autos,
brausen übers Land völlig lautlos
durch die Anzahl und Größe ihrer Zylinder.
Winken euch, ihr wählenden Rinder,
durch die getönten Scheiben noch.

Wählt das Kalb nicht selbst den Schlächter,
noch dazu unter Schlächter schadensfrohen Gelächter
Du dummes, dummes Wählervolk.

Und zieht man dir die Haut vom Leibe,
verjagt dich noch dazu von deiner Bleibe,
gibt dir den Bettelstab in die Hand,
nun gehört dir doch das ganze Land,
um es in Not und Elend zu durchwandern.

Bist angewiesen auf ein Stückchen Brot,
das dir einer gibt, der auch stets in Not.
Nur die hartherzigen Reichen
lassen ihre Herzen nicht erweichen,
Du armer, armer Bettelmensch.

Brauchst dich deiner Armut nicht zu grämen,
die Reichen müssten sich dafür schämen.
Du hast sie wohl selbst reich gemacht
mit deiner unermüdlichen Arbeitskraft,
die nun der Bettelstabe ziert.

Die Hedgefonds und die Abzocker
verdienen sich ihr Geld ganz locker,
kassieren mit gefinkelten Zügen,
um den kleinen Sparer damit zu betrügen,
Du armer, armer Narr.

Hängt sie auf, auf ihren Hälsen,
die dem Volk den Wohlstand stehlen.
Hängt sie auf den Bäumen,
die, die Straßen säumen
und du in deiner Not durchwandern musst.

Aber in all den vielen Ländern
wird sich darin gar nichts ändern,
denn die Haberer werden weiter dich beglücken,
um abzuladen auf deinen krummen Rücken
die Last, die man dir auferlegt.

Immer größer wird die Kluft,
die nach Beseitigung ruft
zwischen Armen und Reichen,
um sie endlich auszugleichen.
Doch das ist nur Zukunftsutopie,
ja, das ist nur Utopie.

Hängt sie auf, die über euch herrschen.
Hängt sie auf mit ihren fetten Ärschen,
die euch euer Brot genommen,
dieses miese, miese Pack.

Um die vor Gier hervorgequollenen Augen,
die dir den letzten Euro saugen,
um ihn in ihrem Schlunde zu versenken
und sich dazu den Hals verrenken
nach einem neuen Opfer ihrer Gier.

Und die Herren auf den Jachten
über deine Dummheit lachten,
während sie Champagner trinkend
dir auf einem siechen Boote winkend,
du armer, armer Narr.

DIE GEISTER

Und massenhaft krochen viele kleine Zwerge
aus ihrem unterirdischen Gemach,
das sie angelegt, tief unter dem Berge,
mit dem Glockenschlag, da waren sie erwacht.

Fressend erwuchsen sie zu Riesen
und bevölkerten den ganzen Berg,
Zwerge als Mutanten sich erwiesen,
da mit Geisterphilosophie man sie genährt.

Und sie wollten jenen Geistesriesen gleichen,
da ihr Körper von ebensolcher Gestalt,
doch die Weisheit, die konnten sie nicht erreichen,
die vergibt nur höhere Gewalt.

Und die Riesenzwerge töteten die Geistesriesen
und nahmen ihre Stellung ein,
doch Geistesgröße war ihnen nicht beschieden,
der Körper wuchs, doch der Geist blieb klein.

So schmähten sie auch noch die Toten,
die ihnen im Tode noch überlegen,
und Zwerge gehässig sie sich darin überboten
aus Angst, dass die Heroen sich noch als Märtyrer überleben.

Vielleicht wären Geistesriesen nie so groß geworden,
wären die Zwergenmassen gar nicht so klein geblieben,
sodass Geistesriesen, wenn sie auch gestorben,
der Nachwelt in der Erinnerung verblieben.

GOLD UND DIAMANTEN

Die ... gierten nach Gold und Diamanten,
die verarbeitet in des Schmuckes Form,
früher sie das alles gar nicht kannten,
kannten sie doch nur die Arbeitsnorm.

Und sie werkten mit der Kraft in ihren Händen,
als sie noch vor dem Fließband standen.
Jetzt arbeiten sie mit ihren Lenden,
der Arbeitsdruck kam ihnen wohl abhanden.

Und so manches Weiblein aus dem Osten
hat seine Chance im Westen wohl erkannt,
um die Wohltaten des Kapitalismus zu verkosten,
hat sich so mancher Mann in sie verrannt.

Glaubt ein armes Wesen hier gefunden,
das??? der Männer auf ihrer Seite steht,
glaubt sie, für ewig an sich gebunden,
dass sich alles nur um das liebe Geld sich dreht.

Und ein altes Sprichwort, das besagt,
ein Bettler kann ein hohes Ross nicht bereiten,
da sie nun immer wieder klagt,
mit was soll sie ihre Ansprüche nun bestreiten.

Gab ihr der Mann nicht das Gefühl,
wie unendlich reich er doch wäre,
seine Millionen ihr gestand in seinem Liebesgewühl,
war das alles nur eine Chimäre?

Die paar Milliönchen, die er auf der hohen Kante,
die hatte gar schnell sie durchgebracht,
für die ersten Jahre es wohl noch langte,
doch nun der Hund aus der Kiste ihr entgegenlacht.

So war er, wie das Sprichwort sagt, auf den Hund gekommen
und in der Schatulle nichts mehr drin,
so hat den Vorwurf er von ihr vernommen,
unsere Ehe, hat die überhaupt noch einen Sinn?

Hat mich nicht ein reicher Mann zur Frau begehret,
der mir so ehrfurchtsvoll den Hof gemacht,
der mich hofiert und verehret
und mir so viel an Geschenken hat gebracht?

Sodass ich in Liebe zu ihm entflammte,
vielleicht lockte mich auch das viele Geld,
sodass mit dem wenigen Geld die Liebe zu ihm erlahmte,
so spielt es nun, in unserer Welt.
Sagen Sie, ist der Mann nicht gar ein armer Tor,
der von ihr nur wurde ausgenommen?
Doch nun steht die Scheidung gar bevor,
so weit ist es zwischen ihnen nun gekommen.

Und sie schaut bereits nach einem neuen Lover aus,
der wieder ein paar Milliönchen auf der hohen Kante,
natürlich mit einem eigenen Haus,
bis der sich wieder die Finger an ihr verbrannte.

Denn sie leben wie im Speck die Made,
wie sie es im Westen war gewohnt,
das wird jetzt wieder die Rochade,
denn für sein Geld durch ihre Liebe er wird belohnt.

Bis jener wieder auf den Hund gekommen,
und sie alles Geld wieder durchgebracht
und wie wir vorher bereits vernommen,
als der Hund aus der Kiste entgegenlacht.

Und sie in ihrer Liebe zu einem Neuen gar entflammte,
denn sie gekonnt mit weiblichen Mitteln zu verführen,
denn er hat ein paar Milliönchen auf der hohen Kante,
die für ihre geschenkte Liebe ihr doch gebühren.

Und so geht die Rochade weiter,
wie viel der Männer sie hat ruiniert,
eine Geschichte, die weder cool noch heiter,
denn sie hat all die Männer nur abgestiert.

EINE WELLE

Einstens erstieg ein Riese und ein Zwerg
einen riesenhohen Berg.
Davor taten sie noch wetten,
wer als erster die Spitze würd betreten.

Und der Riese stieg mit seinen riesengroßen Füßen,
da wird der kleine Zwerg sich wohl anstrengen müssen,
bis zur Spitze der Riese den Berg hinan,
verfolgt von dem allzu kleinen Mann.

Als der Riese die Spitze hat erreicht
und unter dem Gipfelkreuz er verweilt,
da schlug der Blitz in dem Kreuze ein
und verbrannte den Riesen zu einem Zwergelein.

Nach langer Zeit kam der Zwerg beim Kreuze an,
fand das Zwerglein von einem verbrannten Riesenmann.
Nun bist du also so klein wie ich,
das empfind ich als gar fürchterlich.

So groß warst du und ich so klein,
nun als Zwerglein ich dich bewein.
Einen Zwerg, der einst ein Riese war,
und mir immer was zu essen gab.

So hab ich zwar deine Größe nie anerkannt,
aber was Besonderes mich mit dir verband.
Dass du mich wegen meiner Kleinheit nie verspottet hast,
trotz deiner Größe immer ein Freund mir warst.

So werden wir Freunde wohl verbleiben
und unsere Kleinheit von uns wohl teilen.
Ich werde dir ein guter Freund nun sein.
Wie du mir, als du noch groß, und ich zwergenklein.

ZOTIGES

Im Pornoladen gibt's gar viele Sachen,
was die Leute im Bett so machen.
Vom Dildo, Pornofilme bis Peitsche gibt es alles hier,
das aus dem Manne machen sollt einen wilden Stier.

Und mancher scheue Mann, der tats versuchen
mit einer der hier ausgestellten Gummipuppen.
Aber ob diese ganz das Wahre ist,
er in seinem Eifer ganz vergisst

Zarte Dessous in allen Farben
für der Männer Geilheit warben.
So sie eine tolle Figur begleiten
mit rundem Popo und stattlichen Oberweiten.

Mit der Peitsche blutig Striemen
sollte so mancher Orgasmus doch gelingen.
Und eine Domina, die peitschend schlägt den knieenden
Mann,
bezeugt, dass er dadurch erst kam.

Die Dildos in übergroßer Zahl
den Damen zur Verfügung stehen zu ihrer Wahl.
Ob dick, ob dünn, ob groß oder klein,
Hauptsache, sie passen in die Dame rein.

Und die Kondome mit ihrer Couleur und Geschmack,
dazu die Damen, die ganz in Lack,
das bereitet schon geile Wonnen,
wenn Erniedrigte sich in Knechtschaft sonnen.

Und der Generaldirektor sabbernd siecht
wie die Domina mit der Peitsche liebt,
ihn mit ihren Stiefeln zu zerknechten,
tat er doch um ihre Liebe lechzen.

Der Polster, auf dem die Dame schlief,
und den Duft ihres Parfüms darauf hinterließ,
weckte wieder seines Beischlafs Begehr
und so wartete er auf ihre Wiederkehr.

Eine Frau, die aufgelöst in Lust und Entzücken,
zerkratzte daraufhin ihres Lovers Rücken.
Seine Frau sie sah darauf,
warf ihn daraufhin aus dem Haus.

Im Fernsehen drinnen lauter dumpfe Leute,
heraußen sitzt aus dem Kaliber die gleiche Meute.
Gleich und gleich gesellt sich gern,
so sehen die dumpfen Leute auch so gern fern.
Ein Mädchen, das als Jungfrau war gestorben,
noch keusch und gänzlich unverdorben.
Darauf auf ihren Grabstein stand geschrieben,
Zeit ihres Lebens war sie ungeöffnet verblieben.

Ein Frosch, der eine Fröschin tat entzücken,
indem er koitierend saß auf ihrem Rücken,
ließ sie daraufhin nicht mehr entweichen,
bis es der Fröschin gefiel abzulaichen.

DIE FEDER

ZOTIGES

Eine Nonne kam in ein Puff gefahren,
wolle sie doch der Nutten Salär erfahren.
Denn ihr Beichtvater hatte nachher
immer „Vergelt's Gott" gesagt,
darum hätte sie das Salär der Huren auch hinterfragt.

Der alte Ahn lag im Totenbett
und von der Ahnin gern noch wissen möchte,
von den 9 Kindern, die sie ihm geschenkt,
um sicher zu sein, dass von Gottes Hand gelenkt.

Doch das dritte aus der Reihe schlägt,
als ob er nicht meine Gene in sich trägt.
Da sagt die Ahnin mit kummervoller Miene:
„Gerade das dritte ist von dir",
flüsterte sie mit leiser Stimme.

Ein Priester und ein Ministrant,
die nicht nur das Ministrieren miteinander verband,
trotzdem musste er seine Sünden dem Sünder beichten,
um Schuld und Sühne auszugleichen.

Dass es auf der Alm ka Sünd nicht gibt,
steht festgeschrieben in einem Wildschützlied,
Aber woher kommen dann die Kinder her?
Doch nicht von des Wildschützen Schießgewehr?

Und die unbefriedigten Frauen,
in denen sich die Hormone stauen,
sind stets zum Seitensprung bereit,
erleben sie doch dort höchste Glückseligkeit.

Eine Hure wiegt dem Freier seine Eier,
ob er in Frage käme für einen Dreier.
Es käme nämlich auf den Inhalt an,
ob er auch zwei Huren befriedigen kann.

Eine Frau, die bereits nackt im Bette liegt,
und sich widerstandslos dem Lover sich ergibt.
Sie konnte es kaum erwarten,
sein Liebesspiel möge er doch endlich starten.

Eine brave Magd und ein fleißiger Knecht,
wobei der Knecht die Magd schon gernhaben möchte.
Doch da kam den beiden der Bauer in die Quere,
meinen die beiden, dass der Bauer ihre Liebe störe.

Ein doofer Almhirt tat ein Kalb begatten
und als sie sich vereinigt hatten,
da zog der Bauer das Salär vom Hirtenlohn,
stand das Kalb doch in des Bauern Fron.

Eine Pfarrersköchin, die nicht nur den Pfarrer bekocht,
daher sie auf ihre Rechte pocht,
drängt den Pfarrer, seinen Job zurückzulegen,
und mit ihr beginnen ein neues Leben.

Eine läufige Hündin, die ihren Duft verspritzt,
die liebeshungrig die Hunde lockt mit gar viel List,
lässt sich von mehreren Hunden begatten.
Was Hündinnen und Weiber so gemeinsam haben.

Der Pfarrer zu seinem Mesner sprach:
„All die Nächte die lieg ich wach
und träumend in deinen Armen zu liegen,
um dich unendlich dann zu lieben."

Sagt der Mesner zu des Herren Diener:
„Lieber Pfarrer, mit dir schlaf ich nimmer,
mich hat ein wunderschönes Mädchen angelacht
und die hat mich wieder auf die rechte Spur gebracht."

Es gab einmal ein leeres Sparbüchsenschwein,
das weinte aus lauter Geldnot in sich hinein.
Und als mit seinen Tränen es gefüllt,
war hoffentlich sein Hunger nach dem Geld auch gestillt.

Auf des Bettes Lacken lag ein nacktes Weib,
ein Dildo diente ihr zum Zeitvertreib.
Es gab keinen Mann, der sie tat befrieden,
so hat der Dildo einen Orgasmus ihr beschieden.

Zwei Strichmännchen, die auf den Striche gingen
und sich auch gleich einen Freier fingen.
Der eine nett, alt, aber hatte sehr viel an Geld.
Bei dem andern war's umgekehrt bestellt.

Mit faulen Zähnen saß ein Sandler auf einer Gartenbank
und fürchterlich aus seinem Munde stank.
Versucht den Gestank durch den Schnaps zu vertreibe,
man fragt sich nur, was stank schlechter von den beiden.

ES WECKTE SIE

Es weckte sie mit viel Elan
der sie bezahlende Galan.
War doch eine Viertelstunde erst verstrichen
und hatte vorher doch eine halbe Stund hat beglichen.

Die Frauen, die Kurtisanen,
erwecken die Männer, die zu Hause lahmen,
sich ihrer Liebe zu begeilen,
nur können sie nicht immer bei der Kurtisanin verweilen.

Zu Hause wieder tote Hose angesagt
und sie werden wieder ein sexuelles Wrack.
Darum heiraten Männer auch gleich die Kurtisanen,
damit zu Hause sie auch nicht lahmen.

Ein Frau, die gleichzeitig von zwei Männern wird beglückt,
und sie dadurch der Norm entrückt.
Steht doch in der Bibel schon geschrieben,
du sollst nur einen Manne lieben.

Klatschmäuler sind Mäuler, die über andere klatschen
und über ihre Mitmenschen Unwahres tratschen
und sich ereifern mit spitzen Zungen,
bis ihnen der Rufmord an einem Delinquenten ist gelungen.

Die Haarspalter sind solche, die die Haare spalten
und bis jetzt als kleinlich galten.
Und wenn die Haare sie gespalten haben,
um den Schein eines korrekten Menschen zu bewahren.

Menschen, die bekannt als Halsabschneider,
haben trotzdem viele Sympathisanten und auch Neider.
Denn auf Kosten anderer reich zu werden
dass wie doch die Professoren an der Uni lehrten.

Der Graswachsenhörer, der Gras wachsen hört,
ist so klug wie auch gestört.
Sonst würde er das Gras nicht wachsen hören
und diese Erkenntnis ihn auch nicht stören.

Der Arschkriecher, der in den Darm des anderen kriecht
und auf den Inhalt scheinbar ganz erpicht,
wird von jenen jedoch ausgeschissen.
Der Bekriechte scheint ihn jedenfalls nicht zu vermissen.

Zwei Schwule stritten unter viel Gebell,
wie konnte es auch anders sein – um eine Bagatell.
Da tat der eine sich um eine Antwort drücken
und zeigte ihm seinen verlängerten Rücken.

Und sagte nur: „Du kannst mich mal",
Der zweite: „Das wäre heute dann das zweite Mal",
und tat den einen damit beglücken
der zeigte ihm seinen verlängerten Rücken.

Und da es nun zwei Schwule waren,
haben sie sich wieder dann vertragen.
Und taten es immer wieder mit verlängertem Rücken,
um Streitereien im Keime zu ersticken.

Ein Strichjunge auf Freiersfüßen
muss seine Strafe damit verbüßen.
Es kam??? ein Galan,
denn daraufhin er war Untertan.

Er ging darauf wieder mal zur Kirche, um zu beten,
seinen Beichtvater bittend, seine Sünden zu vergeben.
Es war der Poppe, der einstens ihn verführt,
der jetzt durch das Beichtstuhlgitter stiert.

Und bei der Beichte des Jungen er ganz erregt,
sich unter seinem schwarzen Kittel was bewegt,
und er den Jungen in den Beichtstuhl zieht,
das Weitere dem Betrachter dadurch entflieht.

Der Junge, der aus dem Beichtstuhl kam,
wo die Strafe, die er vernahm,
zehn „Vaterunser" zu beten für seine Freveltat,
was der Junge auch ohne zu murren tat.

Eine Strichkatze, so lang auf den Strich sie ging,
bis ein Freier sich verfing
in ihren hohen Stöckelschuhen und im Minikleid
zeigte sie, dass sie eine Straßenmaid.

Und die Tasche schlenkernd vorangetragen,
sollte ein Freier es nicht wagen,
sie daraufhin anzusprechen,
ihr Salär auch zu besprechen.

Um die Schöne zu erstehen,
mit ihr auch ins Hotel zu gehen
und der Liebend Lust zu frönen,
man sagt, der Mann, der muss nur können.

Ein Mann, der sich scheiden lassen möchte,
kam darauf, er hatte keine Rechte.
Ehebruch, den seine Frau begangen,
das ist doch gestriger Schnee, mit dem sie sich behangen.

Das Gesetz von Weibern wurde gesetzt,
die sich in vielen Betten schon gewälzt.

RELIGIÖSES

Vom Tschador ist umhüllt
die Frau, die nicht gewillt,
ihren Körper oder ihr Gesicht zu zeigen
will sie doch die Blicke der Männer meiden.

Oder ist der Inhalt gar so hässlich
und für das Männerauge gar zu grässlich,
dass sie sich nicht zu zeigen wagt
und von keiner Schönheit ist geplagt.

Oder steckt eine Schönheit, die allzu keusch,
dass der Tschador über ihre Schönheit hinweggetäuscht.
Und ihre Schönheit zu bewahren
und die Männer es nie erfahren haben.

Ist hinter den Tschador gar ein Weib versteckt,
das von keiner Schönheit ist beleckt,
oder sie wegen des Auftrags der Dschihadisten
den Tschador tragen zu müssen.

In der Moschee predigt der Iman aus dem Koran.
Die Gläubigen werfen sich sodann
auf den Gebetsteppich dann zur Erde,
dass ihre Seele rein wohl werde.

Ob diese Frauen nicht nur entrechtet,
sondern von den Islamisten auch geknechtet,
von ihren Peinigern nicht nur gepeinigt,
sondern bei Ehebruch auch gesteinigt.

So steht es angeblich auch im Koran geschrieben,
wo war dabei die menschliche Vernunft geblieben?
Wurde sie göttlicherseits aufgehoben,
von ihm, der das befiehlt von oben?

Und Mohammed, der selbsternannte Prophet,
der Diebstahl an Judentum und Christentum begeht,
und das, was er in seinem Leben selbst getan,
sich selbst sich outet als Scharlatan.

Jesus Christus, der zum Sohn Gottes sich erhob,
ob das Judenvolk damit er nicht betrog.
Die ihm der Aufwiegelei, der Blasphemie
und des Ketzertums geziehen,
um ihn aufs Kreuz zu schlagen auf Golgothas Hügeln.

Und Jahwe, der einzige Gott der Juden,
dessen Existenz die Juden nur am Berg Sinai hinterfrugen,
kam er gar aus Ägypten her,
aus Echnatons Sonnenmitramär.

Dessen Existenz nach Echnatons Tod
die Priester wieder vernichten,
um wieder die Tierherrschaft der Götterkasten zu errichten.
Die Juden zogen mit ihm aus Ägypten fort,
wie es geschrieben ist in der Bibel Wort.

Doch ein böser Gott war dieser Gott Jahwe.
Nahmen die Hebräer auch der Ägypter Gut und Habe
auf Auftrag ihres Gottes aus dem Land.
Und die ägyptischen Erstgeborenen gemeuchelt von ihres
Gottes Mörderhand.

Auch sonst ist das Alte Testament,
das man auch die Geschichte der Juden nennt,
vollgespickt mit göttlichem und menschlichem Unrat voll,
was das Gerücht von Gottes Buch da soll.

So kommen wir einträchtig zu dem Schluss,
auch mit dem „einen" Gott gab's den Verdruss.
Ist, weil er den Menschen schuf nach seinem Bilde,
stammen also Gott und der Mensch aus seiner Gilde?

Dass wir darüber nicht sehr erfreut,
vielleicht hat es Gott auch schon gereut,
dass er seine Gene an uns vererbt,
vielleicht ist Gott gut, nur der Mensch verderbt.

So müssen wir weiter im Zwiespalt leben,
bis wir unser Leben können wieder zurückgeben.
Ob es ihn gibt oder nicht,
bis unser Lebenslicht verlischt.

DER RIESE UND DER ZWERG

Ein Riese und ein Zwerg,
die stritten sich um einen Berg,
da beide am Fuße des Berges wohnten
und über diesen Streit sie sich nicht einigen konnten.

So sagt der Zwerg zu dem Riesen:
„Ich, der ich dich ob dieser Größe und Stärke hab gepriesen,
Hab auch deine Intelligenz nie in Frage gestellt
und sogar zu meinem Führer hab erwählt.

Ich kann dich also ganz gut leiden.
Es tut mir leid, dass wir um den Berge streiten,
aber du warst doch stets ein großzügiger Mann,
dem man durch und durch vertrauen kann.

Ich male jetzt auf zwei der roten Fahnen
groß und schwarz meinen und deinen Namen.
Rolle und binde sie auf eine Stange,
damit sie nicht behindere unserem Gange.

Und wer als Erster in der Bergspitze rammt die Fahne
und darauf steht einer von unserem Namen,
dem soll der ganze Berg gehören,
und das werden beide nun beschwören.“

So vertauscht der listige Zwerg die zwei Fahnen,
Worauf geschrieben standen ihre zwei Namen.
Und gab dem Riesen die falsche Fahne in die Hand
und die für die eigene er empfand.

So schworen beide nun den Eid,
dass sie zu verzichten sind bereit.
Sollte der Name des anderen auf der Fahne ward geschrieben
und ihm allein der ganze Berg als Sieger ward verblieben.

Und so stieg der Riese mit den übergroßen Beinen
mit Sechsmeilenstiefel sollte man vermeinen.
Rüstig stieg er zur Spitze den Berg hinan,
war er doch ein riesengroßer Mann.

Und als er prustend und keuchend oben angekommen,
hat einen Felsbrock er dann genommen
und die Fahnenstange in den Felsen gerammt.
Und er schaute, wie er meinte, weit übers eigene Land.

Und er entband die Fahne von der Fahnenstange,
doch darauf stand nicht seiner, sondern des Zwerges Name.
So hat der schlaue Zwerg den Riesen wohl veräppelt,
mit List und Tücke übertölpelt

So gewann der kleine, durchtriebene Zwerg
durch Hinterlist und Schläue den ganzen Berg.
Aber können Riesen mit Anstand auch verlieren
oder könnte es zu neuen Auseinandersetzungen führen?

Aber die Moral von der Geschicht:
Unterschätze man die Kleinen nicht.
Trug denn nicht schon Napoleon
in sich sein Napoleon-Syndrom.

War er nur ein gar kleiner Wicht
und auf Anerkennung sehr erpicht,
so er halb Europa er überfiel,
über Europa zu herrschen war sein Ziel.

So sollte man wohl meinen,
wenn man urteilt über den Zwerg, den Kleinen,
der den Großen mit List bezwang,
zu besiegen ihm gelang.

Die Frau eines Schreiberlings sich beklagt,
weil er gar nicht zu arbeiten vermag.
Da sagte der Dichter gekränkt darauf:
„Schreib ich nicht nieder meiner Gedanken Lauf."

Da sagt die Frau des Schreiberlings:
„Da du bist zwar ein Dichterling,
aber hast du mit deiner Feder den Fußboden schon gefegt,
mit deinen zarten Händchen den Garten schon gepflegt?

Oder den Teppichboden schon gesaugt,
hat dein Schreiben dazu getaugt,
die Wäsche zu bügeln und vorher zu waschen,
zu tragen auch nur eine der schweren Einkaufstaschen?"

„Nein", sagt sie, „du bist wahrlich zu nichts zu gebrauchen."
Tat weiter gegen den Schreiberling sie pfauchen.
Er jedoch schrieb weiter seine Gedanken nieder,
wo der Götz von Berlichingen vorkam immer wieder.

DER POLIZIST

Ein allseits gefürchteter Landpolizist
aus dem wurde ein mickriger Pensionist,
dessen Hinterhältigkeit gefürchtet war
und manchen Führerschein verlor so mancher Autofahrer.

Denn die Frage ist schon gerecht,
dass er denen, mit denen er vorher hat gezecht,
den Führerschein dann hat abgenommen,
um in Gestalt des Erfolges dann zu sonnen.

Nun da er ein machtloser Polizist,
Den so mancher seine Untaten nie vergisst,
und so er sich nie mehr ins Gasthaus traut,
und man ihn öfter schon hat verhaut.

Ein Polizist, der einen Autofahrer angehalten,
ließ nun des Gesetzes Härte walten.
Hat er ihm doch den Führerschein abgenommen,
da der Lenker war vom Alkohol noch ganz benommen.

PETRUS

Ein Mensch, der vor Petrus Tore stand,
aber durchs Himmelstor keinen Einlass fand,
stand gekränkt vor dessen Türe
und meint, dass ihm der Einlass wohl gebühre.

Und erzählend auch all seine guten Taten,
die auf Erden er vollbrachte hatte,
und die sollten im Himmel gar nicht zählen?
Tat er dank der zehn Gebote nie den Weg verfehlen.

„Aber", sagte Petrus darauf,
„du Mensch, du kamst von der Erd herauf,
um in den Himmel Einlass zu begehren
und den muss ich leider dir verwehren.

Die zehn Gebote sind nur ein paar von den vielen,
die entsprungen waren Gottes Willen.
Seitdem hat die Schöpfung sich verändert,
hat er seinen Sohn jedoch hinabgesendet.

Und was taten die Menschen dann?
Sie nagelten ihn am Kreuze an,
um ihn zu verspotten und verhöhnen,
das jeder kennt, ich brauch's nicht extra zu erwähnen."

Und weiter sprach der Gottesmann:
„Was tut der Mensch nicht alles seinem Nächsten an.
Immer wieder schlagen sie sich die Schädel ein
und so über die Erde brachten Not und Pein."

„Und noch eines muss ich dir erklären",
sagt Petrus zum Dichter, „und dich belehren.
Von Gott verstoßen ist nun diese Erde,
bis auf ihr denn endlich Frieden werde.

Solange es Unfrieden auf Erden gibt,
so sein Verbot nun gilt.
Es soll kein Erdenbewohner mehr in den Himmel kommen
und du bist der erste Mensch, der dies vernommen."

So sprach der Petrus, der sehr ergrimmt
jedoch den Menschen ansonsten sehr wohl gesinnt,
dem Menschen, der in den Himmel wollte,
denn dieser war sich wohl – zunächst – der Nächste.

„Der Baum, der alt geworden im Walde steht,
seit Jahrhunderten vom Wind umweht,
und unter der riesengroßen Krone Schatten
sich keine Bäumchen mehr zu wachsen wagten.

So beschloss der Baum, in seinem Edelmut, zu sterben,
um den jungen Pflanzen den riesigen Platz zu vererben,
der unter seiner Krone ist gelegen
und er wünschte ihnen noch dazu – Gottes Segen.

Wenn die Rechtlosen aufbegehren,
kommen die Herrschenden ins Wanken.
Gegen die, denen das Recht verwehrten,
und so die Herrschenden durch
das Schwert zu Tode kamen.

Einem Seelenklempner trug ich meine Nöte vor,
doch es schien, als wäre er der gleiche Tor,
der selbst in gar argen Nöten,
die ihm seine Patienten aufgebürdet hätten.

Und er suchte die Ursachen meiner
Seelenkrankheit zu ergründen,
um letztendlich zu verkünden:
„Tausend Euro bekomm ich für die
von Ihnen mir auferlegte Last",
sagte daraufhin mir, der diese Satire hat verfasst.

Noch war gut in mir der Kern
und schob das Böse vor mich her.
Hielt alles Böse von mir fern,
ließ mich einen Gutsein doch nicht stören.

IN DER WÜSTE

Ein Mann irrt schmachten durch die Wüste,
warum? Wenn er das selbst nur wüsste!
Er ging dahin, er ging daher,
fand nicht hinaus, aus dem sandigen Meer.

Es gab keinen Baum, keinen Strauch,
und er dachte: Mein eigener Schatten tut es auch!
Und flugs legte er sich nieder
und erwachte nie mehr wieder.

Forsch schritt ein Mann, ein kühner, durch die Wüste,
im Niemandsland er seine eigene Fahne hisste,
er fand das Gerippe vom verdurstenden Manne.
„Du bist", sprach er, „mein erster Untertane.

Magst auch mausetot du sein,
aber dafür gehörst du mir allein!"
Um Mitternacht zur Geisterstunde
erhob sich das Gerippe aus sandigem Grunde

und hisset als Erstes Tag die Fahne,
denn er war der einzige Untertane.

Da kamen zur mitternächtlichen Stunde
die Sträuße, die Löwen, die Füchse und Wüstenhunde.
Beäugten das Schauspiel im fahlen Gelichte,
in der einsamen Gegend und hielten Gerichte.

Der Löwe als König sagt bedächtig:
„Ich frag, ist dieses Schauspiel hier berechtigt?
Der König, das bleib ich allemal!"
Unterwürfig heult dazu der Schakal.

Der kühne Mann im Mondenschein steht salutierend
vor seiner Fahne,
eine ganze Stunde im schieren Größenwahne.

Und als die Geisterstund zu Ende,
liegt das gebleichte Gerippe, ein knöchernes Gemenge,
in einer einsamen Gegend in der Wüste.
Warum? Wenn er es selbst nur wüsste!

Den kühnen Mann genüsslich dann der Löwe fraß
ohne viel Getue und allzu großer Hast.
Denn Konkurrent war für ihn dieses Menschlein
nie gewesen,
wäre er auch von seinem Wahn genesen.

Denn die viel beneidete Königswürde
ist oft eine ziemlich schwere Bürde.
Glaubt man als König sich erkoren,
bleibt die Frage: Ist man dazu auch geboren?

Nun treibt der Wind die wandelnden Dünen,
deckt die Knochen des Mannes, des kühnen,
nur die Fahne flattert auf ihrem Gestänge,
flattert erregt und tut sehr behände,
kündend der Toren Totengeläut,
der Wind mit der Kunde weitereilt.

Die zwei Toren, sie waren gestorben,
ach, wären sie doch nie geboren.
Und weiter schleicht der Schakal durch die Wüste.
Wozu? Wenn er das selbst nur wüsste.

Ach ja, wäre er ein König mit Würde und mit Macht,
protzend mit seines Körpers imponierender Pracht
würd er die fette Beute selber fressen,
so ist er aber nicht von Macht besessen.

Er gräbt das Gerippe aus den Dünen,
sie schmecken noch frisch, die Knochen des Kühnen,
und ratzekahl frisst er sie zusammen,
und als Aasfresser sie ihm auch gut bekamen.

Das Fleisch, das hat der König wohl gefressen,
das war die Geschichte von den zwei Toren in der
Wüste dann gewesen.

STAATLICH DEMOKRATISCH

SAGEN SIE, IST MUCKENSTRUNZ NICHT EIN ARMES SCHWEIN?

Friedvoll und mit ruhigem Gewissen,
schläft der Staatsbürger Muckenstrunz in
seinem weichen Kissen.
Herr Muckenstrunz, er hört schon schlecht,
wundert sich darob, wer sich erfrecht,
um diese Zeit ihm noch den Schlaf zu rauben?
So echt wollte er daran fürwahr nicht glauben.
Schaut auf die Uhr, es war erst vier,
und jemand trommelt vehement an die Eingangstür.
Der Glocke immerwährend schrilles Schreien,
ließ ihn so recht und schlecht zur Türe eilen.
Mit Nachthemd und in Zipfelmütze,
sein Stock dient ihm dabei als Stütze,
noch verschlafen öffnet er die Wohnungspforte
und sah sich gegenüber einer düsteren Kohorte
von Männern mit ledernen Mänteln und
schlappigen Hüten.
„Oh Gott, mögest du mich wohl behüten!",
durchfuhr es den greisen Schlaf Gestörten,
und rief: „Bei mir seid Ihr sicher beim Verkehrten!
Was und wen Ihr auch suchen möget,
welchen Verdacht Ihr auch immer gegen mich heget,
ich bin arisch rein, auch sonst tat ich keiner Fliege
was zuleide,
steh in niemands Schuld
und nirgends in der Kreide."

Da quäkt einer unter seiner schlappigen Bedeckung,
und der Verantwortliche für des Muckenstrunz Erweckung:
„Los, los Ihr für die Steuergerechtigkeit
kämpfenden Männer!
Schiebt zur Seite den Steuerhinterzieher und alten Penner,
durchsucht die Wohnung ritzeklein,
irgendwo müssen Geld, Sparbücher und die
Wertpapiere sein.
Der Tipp von der jugoslawischen Reinemacherfrau
war leider nur vage und sehr ungenau,
durchsucht alles nach bewährter Manier,
schließlich kriegt Ihr ein Erfolgshonorar dafür!"
Nun wühlen sie in allen Ecken und auch Enden,
in den Betten und den Bücherbänden,
tun sie sich den Hals verrenken.
Onkel Josef und Tante Hilda
müssen von der Wand, die zerlegen ihre Bilder,
und aus der biedermeierschen Kommode
fliegt die lange Unterhose
mit dem Rüscherl von der seligen Mama.
„Ja, was haben wir denn da!",
ruft der Steuerfahnder Amtsrat Nikolas von Leinentuche:
„Jetzt haben wir das gesuchte Buche!
Und Wertpapiere in großer Zahl!"
Der Hausherr wurde bleich und fahle:
„Nun bin ich, nun bin ich wohl ein reicher Mann,
der sich nun alles leisten kann!",
stottert er. „Denn die Mama hat ihr ganz Vermögen
für unseren Staate hingegeben, für Kaiser, Krieg
und Vaterland,
meine Herren, ich danke euch und küss euch die Hand.
Und soll ich wirklich diesem Staate
unwissentlich etwas vorenthalten haben,
so zieht es ab von den Zinsen von all den Jahren,
die Sie mir bislang mit Zinsen und Zinseszinsen
schuldig waren.

Und ich bekenne ein die hinterzogene Steuer,
ich muss gestehen, ganz bin ich mir selbst nicht geheuer.
Nein, dass ich all dieses Vermögen vergessen konnte,
als ob sich das heute noch lohnte.
Mama sagte noch, bevor sie starb,
sie liegt übrigens in einem Armengrab:
‚Mein Bub, alles was wir hatten, gab ich für meinen
Kaiser hin,
er machte aus uns, was ich jetzt bin.
Aber eines sage ich dir, bevor ich sterbe,
und dir des Kaisers Schuld vererbe,
es kommt nichts Besseres nach in diesem Staat,
denn gleich ist überall der Menschensaat.
Die ernten nur, was andere geschaffen,
so hab ich auch dir viel Geld hinterlassen,
so wertlos wie all dein anderes Vermögen,
sie werden kommen die gefräßigen Löwen.
Und gierig nach dem letzten Rappen,
wirf ihnen alles in den gierig Rachen.
Das Sparbuch, Schuldschein und Banknoten,
den braunen, den schwarzen und den roten.'"
„Haha, haha, dass ich nicht lach",
schrie empört der Amtsvorsteher Übersbach.
„Nix da, nix da, die Vermögenssteuer haben
Sie unterschlagen,
das kostet Sie nun Kopf und Kragen.
Was interessiert die Republik der Zweiten,
will der Kaiser seine Schulden nicht begleichen.
Wir sind eine republikanische Demokratie,
was interessiert uns die fatale und vergangene Monarchie?
Kriegsschuldverschreibungen von Hunderttausenden
von Kronen,
dazu ein Buch mit weiteren Kronenmillionen,
als kapitaler Steuerhinterzieher sind Sie nun entlarvt,
und kommen mit in die Verwahrungshaft.

Und wenn Sie nicht zahlen auf Gulden und Heller klein,
lochen wir Sie aufgrund der Summen auf Jahre ein."
Wie vielfach schüttelt dann der Steuersünder
den finanzdemokratischen Steuerschinder.
Der alte Kauz und Steuerschelm,
was ich überflüssigerweis nur so nebenbei erwähn:
„Ich bin ein alter Mann und seh schon schlecht,
so wär es mir schon gar schon recht,
wenn Sie zählen all die Summen,
von Buch und Papieren zusammengenommen,
damit ich meinen Reichtum kann ermessen.
Ich hätt ihn schon längst vergessen.
Doch sehen Sie, wie ich hier hause,
einfach wie in einer Eremitenklause,
doch wenn Sie sich ein bisschen werden gedulden,
zahle ich der Republik bar alle meine Schulden.
Denn da fällt mir ein, ich bin doch schon vergesslich,
da wär mein Reichtum ja gar unermesslich.
Wie viel beträgt denn tatsächlich meine Steuerschuld?"
Fieberhaft rechnet der Beamte und sagt: „Geduld, Geduld,
doch eines weiß ich schon, sie geht in die Millionen.
So ein Fahndungscoup, der muss sich rechnen
und sich lohnen."
„Meine Mama, starb sie auch arm und krank,
hinterließ mir auch Bargeld, Gott sei dank!"
Und schlürfend ging der alte Mann,
kam aus der Küche mit einer Kaffeekann.
Und zog Milliarden aus dem Gefäße,
warf die leer zu Boden mit lautem Getöse
und ungeduldig schließlich wurde aus dem Schlaf gerissen,
er sagte: „Nun will ich endlich meine
Steuerschulden wissen!
Und ich bezahle prompt und bar wie es in meinem
bescheidenen Leben üblich war."

Und die Schlaftüren mit ihrem ledernen Gehülle
starren auf der blechernen Kaffeekanne
fiskalisches Gefülle.
Das ihrem Spürsinn war entgangen,
wer denkt auch schon an eine Kaffeekanne.
So gut war das viele Geld versteckt,
dass die Steuerfahnder es gar nicht entdeckt.
Bedächtig blättert der Alte auf den Tisch die
geforderte Summe,
verneigt sich vor den Beamten mit leisem Gebrumme.
Es war nicht schön, es hat mich auch nicht gefreut,
es ist was anderes als der greise Kaiser.
Es war auch eine andere Zeit.
Und er wünscht den Finanzern einen schönen
guten Morgen
und sagt: „Ich will diesem Staat auch mein restliches
Vermögen verborgen!"
Und er wirft auf den Tisch die restlichen Milliarden
von Kronen,
denn das Warten auf die Rückzahlung vom Kaiser, das
würde sich für ihn nicht mehr lohnen.
Und er schlurft zum Bett, in dem er müde und alt,
und verflucht die demokratische staatliche Gewalt,
welche die ganze Wohnung haben zerlegt,
sogar die Möbel haben sie zersägt.
Am Morgen schien die Sonne durch die Fensterscheiben,
beleuchtete all das schändliche Treiben,
das demokratische Despoten hier vollbracht.
In einer Demokratie, wer hätte das gedacht!
Friedvoll, weil müde, schlief der Steuerzahler
Muckenstrunz,
bemerkte nicht das Drumherum,
und als er endlich aus dem Schlaf erwachte,
die Sonne ins Gesicht ihm lachte.
Und plötzlich wurde des Chaos er gewahr,
fürwahr, waren das Vandalen gar?

Geschockt schloss er gleich wiederum die Augen,
was wollten die in seiner Armut rauben?
An der Wand, da hingen keine Bilder,
auch nicht die von Onkel Josef und Tante Hilda.
Die Truhen und Kästen lagen kreuz und quer,
als ob eine Bombe eingeschlagen wär.
Er selbst lag in einem umgeworfenen Kasten,
über ihm hingen die alten Vorhangquasten.
Nur langsam fiel ihm alles wieder ein,
und bedauernd fand er, was er doch für ein armes Schwein.
Da läutete es an der Eingangstür,
vor Angst traf ihn fast der Schlage schier.
Erschreckt kroch er aus seinem unbequemen Bette,
damit vor neuem Unbill er sich sogleich errette,
und versteckte sich in einem umgestürzten Schrank,
der einstens in der Ecke stand.
Doch dem Läuten war kein Ende,
zu Gott er betete, damit er ihm sende
einen Engel, der ihn beschützen möge,
doch unerforschlich sind halt Gottes Wege,
so ließ die erflehte Hilfe auf sich warten,
die Bösen vor der Tür verharrten.
„Is was passiert?", rief noch eine bekannte Stimme
vor der Tür.
Erleichtert seufzt Muckenstrunz, es war also keine
neue Staatswillkür,
das war die Putzfrau, die von Gott geschickt,
wenn die jetzt nur keine Schock jetzt kriegt.
Und ahnungslos trat die nun ein
und schrie empört: „Das kann nicht sein!"
Und mit einem spitzen Schrei fiele sie in Ohnmacht gleich.
Doch bald darauf erholt sie sich wieder,
und sagt: „Wertpapier, Geld und Büchel!" Und sank
wieder hinüber,
um sich wieder aus der Ohnmacht zu erheben.
„Das viele Geld, alles weg!", rief sie vor Zorn erbebend.

„Welch kriminelles Pack hat alles das gestohlen?
Diese Verbrecher soll der Teufel holen!"
„Nein, nein", sagt darauf der Ausgeraubte,
„das Finanzamt war's, das sich das erlaubte."
„Ach", sagt die Perle und zupft an ihrem Rock,
„dann bekomm ich von diesem Amt meine Prozente noch.
Wissen Sie, ich bin für Gerechtigkeit auch bei der Steuer,
dafür fand ich es ungerecht und ungeheuer,
die Millionen auf Ihrem Sparbuch sie geparkt,
außer dem, was ich noch an Wertpapieren gefunden hab.
Die Milliarden, die Sie in der Kaffeekann haben versteckt,
lange, lange hat mich das all bewegt.
So beruhigte ich mein Gewissen,
ein gutes ist bekanntlich das beste Ruhekissen
und gab Ihr Vermögen halt dem Finanzamt preis.
Und die meinten, der Tipp war heiß.
Und versprachen, mit Akribie nachzufahnden,
um Ihre unverschämte Steuerhinterziehung aufs Schärfste
gesetzestreu zu ahnden."
Und ich fragte kurz und bündig: „Wie viel krieg ich, wenn
Sie fündig?"
„Das käm auf die Größe der Summe an", sagt darauf der
Steuerfahndermann.
Sie knallt die Tür hinter sich zu und ließ ihn allein.
„Sagen Sie, ist Muckenstrunz nicht wahrlich ein
armes Schwein?"

PS: „Sie sind ein Staatsbürger, wie wir sie gerne sehen,
die treu und brav zu ihrem Staate stehn",
sagt zu ihr der Steuerfahndermann.
Und der bedankte sich dafür sodann:
„Denn solche Bürger, die mit uns kollaborieren,
nichts Besseres kann einem Staat wie dem
unseren passieren."
Und freundlich schüttelte er ihr die Hand:
„Sie helfen uns zu erhalten unser aller Vaterland!"
Nur leider sagte sie: „Ich hab noch keine österreichische
Staatsbürgerschaft,
obwohl ich sie schon beantragt hab!"
So sagte er: „Solche wie Sie braucht doch unser
aller Staat."
Und dass sie sie bekomme, er auch gleich versprach.
Und er hat ihr auch gleich das Versprechen abgenommen,
sie auch in Zukunft besonders dafür zu entlohnen,
wenn sie bei ihrer Arbeit die Augen offenhalte
und dadurch unser aller Staat erhalte.
Und all ihren Verwandten die Staatsbürgerschaft
zu verleihen,
würd sie nur in seinem Dienst verbleiben.
Nur wählen müsst sie schon die richtige Partei,
denn sonst wär's in diesem Land mit der sozialen
Gerechtigkeit vorbei.
Denn diese Kapitalisten, die Steuerhinterzieher,
diese Steuerverweigerer und Staatsbetrüger,
welche den Armen ihr rechtig Geld verweigern,
und sich in solchen absurden Wahne steigern,
dass allen Menschen lieben sollen die Arbeitsfron,
und nur dafür gebe es gerechten Lohn!

Aber dazu wären doch nicht alle Menschen geschaffen,
dafür muss man die, die arbeiten, rigoros bestrafen.

ÜBER ESEL I

Der Esel gibt es auf der Welt gar viele,
sind als Huftiere mit den Rindviechern auch verwandt,
manche Tierarten sterben aus in aller Stille,
bei jenen jedoch erhöht sich fortwährend der Bestand.

Ein Mensch der klein und hässlich von Gestalt
und ausgeliefert größerer und dominanter Gewalt
und zum Gespött der Schönen war erkoren,
fand – er wäre besser nie geboren worden.

In einem Dorfe gab es einmal einen Dorfidioten.
Man riss über ihn gar böse Zoten,
doch waren diese die eigentlichen Idioten,
die über den Dorfidioten rissen diese Zoten.

AFFEN (MIGRATION)

Die Affen auf den Bäumen saßen
und von den deren Früchte fraßen
und hatten deren Gastfreundschaft besessen,
dafür hatten sie auch die Bäume leer gefressen.

Der Sturm und der Wind
Eigentlich sie Brüder sind,
Nur hat der eine mehr an Temperament,
dass man auch von den Menschen her auch kennt.

Und wird aus dem Sturm ein Orkan,
ist es vorbei mit dem Elan,
denn nun geht es um Biegen und Brechen,
von keines Menschen Verstand sehr zu berechnen.

Ein Sparschwein wartet, dass es gefüttert
und Schwänzchen ringend dem Geld entgegenzittert.
Aber bedenkt, er auch wenn es vollbracht,
alsbald geschlachtet werden soll.

HITLER

Wäre man Hitler's Ansinnen nachgekommen,
und ihn in der Akademie der bildenden
Künste aufgenommen,
so statt eines Feldherrn ein Maler wär geworden,
und nicht Millionen Menschen durch ihn gestorben.

VERSCHIEDENES

Buddha, der Erleuchtete, sprach
nach 49 Tagen Fasten hinweg sein Ungemach
und dazu rank und schlank
nach der Hungerkur Gott sei dank.

MEINE BÜCHER

Ich vergaß, was ich in meinen Büchern hab geschrieben.
Es war mir keine Logik mehr beschieden,
nachdem ich von meiner Krankheit war genesen,
konnt ich weder schreiben noch lesen.

Doch alsbald der Zustand meines Geistes sich erholte
und der Geist an die Krankheit den Tribut wohl zollte,
blieb ich doch mit dem Autor meiner Bücher verwandt,
mich doch der Geist mit meinen Büchern noch verband.

So stand auf allen dieser Bücher doch mein Nam,
obwohl ich diesen gar sonderbar vernahm,
aber scheinbar mit mir wohl ident
oder hatte der Autor meinen Namen nur entlehnt.

DAS UNTIER AUS DEM UNIVERSUM

Ein Untier kam aus dem Universum
herbeigeschwommen
und soff Meere um Meere leer,
um noch die beiden Pole abzuschlecken
und vielleicht den Schein eines
Schleckermäulchen zu erwecken.

Doch als er alles Wasser der Erde hat vertilgt
und auch die letzte Quelle war versiegt,
hat er sich wieder ins All zurückgezogen
und mit seinen Wasserflügeln war davongeflogen.

Ein Mensch, der immerfort lebet sehr bescheidenen
und ihn andere dafür nicht nur beneiden,
sondern meinen, er wäre einer,
der das Understatement pflegt,
und sich in ihnen nicht nur der Neid sich regt.

All die Kinder, die nun seinen Namen trugen,
ihre Abstammung aber nie hinterfragen,
aber dass sie Kuckuckskinder waren,
das werden sie wohl nie mehr erfahren.

Es gab einmal einen Knecht,
der hatte immerzu zu viel gezecht.
Eines Tages wurde es dem Bauern gar zu bunt
und er warf ihn darauf aus dem Hof, den besoffenen Hund.

NOAH

Als Noah mit seiner Arche sich verkroch,
betete er inbrünstig zu seinem Gott,
es möge genug des Futters sein
für alle Tiere, die er in die Arche gestopft hinein.

Ein Autofahrer, der das Gaspedal bis zum Anschlag tritt,
und somit dem Geschwindigkeitswahn sich ergibt,
wird irgendwann auf der Straße selbst zerschellen
und so den Tod für sich erwählen.

Ein Fußgänger, der den Zebrastreifen betritt,
und dabei in Sicherheit sich wiegt.
Ein Autofahrer tat ihn eines Besseren belehren,
so kann er sich nur noch beim Petrus beschweren.

Ein Motorrad, dass in der höchsten Drehzahl fuhr.
Es verpestet damit nicht nur die Natur,
sondern brachte auch seinen Fahrer zu Tode.
Das Sich-zu-Tode-Fahren kam jetzt gar groß in Mode.

Ein Fischotter wildert in eines Fischers Teiche,
als quasi in eines anderen Besitzers Reiche,
der viele Fische schon in dem Teich gezüchtet,
die nun der Fischotter rigoros vernichtet.

Und wütend legt sich der Fischer auf die Lauer,
er wähnte sich nicht in allzu langer Dauer.
Da kam der Fischotter alsbald herbei,
ob sie der Besitzer des Teiches sie wohl sein.

Und als er den ersten Fisch aus dem Wasser hat geholt,
ob sie den Teichbesitzer nicht besser fragen sollt,
ob er ihm das auch erlauben würde.
Wollt der Fischer doch, dass er endlich krepieren würde.

UHREN

Die Uhr, die gängig die Zeit vermisst
mit Stunden-, Minuten- und Sekundenzeiger.
Und der Zeiger seinen Umlauf nie vergisst,
sondern wandert in Uhrzeigersinn immer weiter.

Eifrig rennt nur der Sekundenanzeiger,
hat er doch einmal das Ziffernblatt zu überrunden,
bis der Minutenanzeiger nur ein Sechzigstel weiter
und somit seine Trägheit damit bekunden.

Und die Stunden die nun gar träge fließen,
bis sie das Ziffernblatt einmal hat umrundet.
Und alle drei ihre Geschwindigkeit nie vermissen ließen,
was ihre verschiedene Geschwindigkeit damit bekundet.

Denn punktgenau sie sich um zwölf Uhr trafen,
43.200-mal der Sekundenanzeiger hat getickert,
720-mal der Minutenzeiger über seine Maßen,
bis der Stundenanzeiger um 12 Uhr alle drei waren gesichtet.

Und wieder beginnt der Kreislauf nun von vorn.
Der Sekundenzeiger rast davon,
so ist es der Uhrzeit Norm,
so stehen die Zeiger in der Uhren Fron.

Und mit ihnen all ihr Räderwerk,
das die Uhren in sich tragen.
Und all das ist Menschenwerk,
um die Zeit zu teilen durch die Uhr zu wagen.

EIN GLÖCKNER UND EIN MUEZZIN

Ein Glöckner und ein Muezzin
diskutieren über ihres Berufes Sinn.
Sagt der Glöckner: „Mit meinen Glocken
tu ich die Gläubigen in die Kirche locken."

Sagt darauf der Muselmann: „Das mache ich
mit meiner Stimm,
ich ruf die Gläubigen zum Gebet
von meinem hohen Minarett."

KAIN UND ABEL

Hat Kain seinen Bruder Abel nicht erschlagen
und Moses den Aufseher nicht ebenso.
Und ging es Moses nicht an den Kragen,
dass er mit seinem Volk aus Ägypten floh.

Und trieben sich in Sodom mit den Tieren
und wohnten sie nicht jeden bei.
Hier muss ihn wohl das Lob gebühren,
dass er noch Wächter über die Tugend sei.

Doch was bei Moses in gerechter Form,
dass „Er" ihn seiner Schuld entband.
Opferte Abel nicht sein bestes Korn
und er Kains Opfer nicht würdig genug befand.

Ja, ja sehr menschlich, teuflisch ist der Gott.
Zuerst schickt er dich ins Leben, und dann schickt er den Tod.

DAS NEUE JAHR

DIE FEDER

Kaum war das neue Jahr ins Land gezogen,
auf die Anzahl ihrer Tage war gewogen.
Und bald stand er mit Riesenschritten,
der Fasching gar inmitten.

Und Ostern nicht mehr weit.
Es verrann mit Feiern gar schnell die Zeit,
um die Auferstehung des Herrn zu feiern,
um dann Pfingsten anzusteuern.

Und die feurigen Zungen über der Apostel Köpfen,
damit sie diese von den Sünden wohl erretten,
um Gottes Willen auszuführen
und die Völker zu missionieren.

Da kam die Sonnwendfeier mit ihren Feuern,
um die Jahresmitte anzusteuern.
So war die Hälft des Jahres bald vorbei,
die Sonne in ihrem Zenit wohl sei.

Denn bald darauf fing sie wieder an zu sinken,
jedoch die Hitze übers Land zu bringen,
um in Hundstagen sich zu ergehen
und bleiern die Hitze übers Land zu legen.

Doch bald darauf zu Marias Geburt
sagt das Sprichwort: „Mariä Geburt flogen
die Schwalben furt."
Und der Altweibersommer kündigt sich zaghaft an.
Der Herbst mit seinem Nebelschleier legt sich übers Land

Und der Advent nun nicht mehr weit,
so der Frost schon steht bereit.
Die ersten Schneeflocken vom Himmel fallen
und die Engelschöre durch die Lande hallen.

Jesus Christus verkündigt nun die Heilige Schrift.
Im Heiligen Land geboren ist
in Bethlehem in einem Stall ward er geboren,
als Geburtsort hat er sich diesen Stall auserkoren.

Die Heiligen Drei Könige, die von seiner Geburt vernommen,
sind mit Gold, Weihrauch und Myrrhe dann gekommen,
um den neuen König zu huldigen und anzubeten.
Würde er doch die Welt von ihrer Schuld erretten

Und der Kreislauf des Jahres beginnt von vorn,
nachdem der Heiland war geborn.
Väterchen Frost wird man nun frönen
und mit Besäufnis ihn belöhnen.

So fängt des Jahreskreislauf wieder an
und zieht den Menschen in seinen Bann.
Darum fragt nicht: „Warum bin ich geboren?"
Du bist nun mal für dieses Leben geboren worden.

EIN TIERISCHES PAAR

Ein Mann verliebte sich in eine Frau.
Sie ist dumm wie eine Kuh und eitel wie ein Pfau.
Falsch wie eine Schlange
wiegt sie sich in ihrem Gange,
mit wiegendem Kopf
verschlingt sie ihn, den armen Tropf.
Sie gackerte und schnatterte, wie Gänse es tun,
doppelzüngig war ihr ganzes Tun.
Die Haut von rosaroter Farbe glich
niedlichstem Borstentier gar inniglich
die Haare hatte sie vom Leu geborgt,
die Augen hatte sie vom Frosch geborgt
wenn sie wiehernd blökend lachte,
sie einem Pferdeschaf alle Ehre machte
und sie saugte sie in seinen Genen
gierig wie ihre Vettern, die Hyänen,
auf storchigen Beinen stelzte sie umher,
als ob sie ein Kranichvogel wär.

Sein Verstand jedoch von Lieb getriebet,
da er doch in diese tierische Frau verliebet,
bemerkte wenig von all dem Ungemach,
bis eines Tages küsste ihn ein Spiegel wach,
darin vermeinte er nämlich zu erspähen
ein Tier, so dumm und grau dastehen
mit Hufen an den Händen und an den Füßen,
sie ließen aus dem Spiegel grüßen
mit großen Ohren und noch viel größerem Kopfe
erkannte er sich selbst, der arme Tropfe,
aber da er nun mal ein Esel war
mit langem Schweif und grauen Haar,
tröstete er sich auf Eselsart,
wenigstens hat sie keinen Bart.

So hat sie also gar nichts von den Ziegen,
fürwahr, da würd ich sie nicht mehr lieben.
Und als er von dieser Liebe er genesen,
wusste er, welch Esel er gewesen.

DIE KORKENZIEHERWEIDE

Einsam steht eine Korkenzieherweide
Verdrallt in ihrem korkenziehenden Gekleide,
dabei hatte sie es nur gebohrt
Um zu ziehen einen imaginären Kork.

Und als sie dann die Korken hat gezogen,
da waren die Äste wieder gerade gebogen,
um als gewöhnlichste Weide dazustehen,
so ist es manchmal auch im Leben.

Es war, als der langersehnte Regen kam.
Das Donnern und Grollen schon von Ferne man vernahm,
die Blitze zuckend den Himmel überzogen,
bis das Land überschwemmt von des Wasser Wogen.

Eine Blumenvase, in der viele Blumen,
und die Bienen sie noch um summen.
Doch bald werden sie verwelken
und der Moder der Vergänglichkeit sie bedecken.

Die Hausfrau zelebrierte auf dem Herd
ein Festessen, bis sie dabei gestört.
Im Ofen ging nämlich das Feuer aus
und machte dem Braten den Garaus.

Der Ansager des Fernsehens sagte in der ZiB zwei,
wer in Mali an die Macht käme, wäre doch egal.
Die Franzosen oder die Islamisten.
Wer – wenn wir das schon zu sagen wüssten.

Denn ist es nicht einerlei,
wer der Sieger in diesem Kampf wohl sein?
Nachher kämen die anderen wieder,
brennen und schatzen alles nieder.

EIN BLATT SCHAUKELT SICH VOM BAUME

Ein Blatt schaukelt sich vom Baume,
es war Herbst und es war seine Zeit.
Es fiel herab in froher Laune,
obwohl zum Vergehen es bereit.

Da hob der Wind das Blatt gar hoch empor
und spielte mit ihm Fangen,
und viel der Blätter raschelten im Chor
und flogen mit dem Wind von dannen.

Und immer wieder dann aufs Neue
hob er sie auf und ließ sie wieder fallen,
um damit übers Land sie streuen
und mit bunter Farbe sie bemalen.

Doch all die bunte Pracht im Tode
täuscht zwar das Auge, doch nicht den Sinn,
sein Werk hat vollbracht der Todesbote,
war das Leben zum Vergehen doch bestimmt.

TRATSCHWEIBER

Zwei Tratschweiber taten über eine,
die nicht zugegen,
Böses über das dritte Tratschweib reden
und tauschten sich miteinander aus.
Würde die Dritte das hören,
wäre die Freundschaft aus.

DER ZAUN

Vor dem Haus, da stand ein Zaun
und schien die Menschen vor
seinen Sprossen gar nicht traun.
Sollte er ihnen doch den Zutritt verwehren,
das sollten doch nur Tür und Tor gewähren.

DIE NURSE

Ein Kinderwagen von einer Nurse war geschoben,
Hat das Kind auch das Kind großgezogen.
Das damalige Kind tat jetzt die Nurse im Rollstuhl fahren,
um Dankbarkeit seitens des Kindes zu erfahren.

DER TURM

In Paris, da steht der Eiffelturm,
der gebeutel wird von so manchem Sturm.
Doch hat man davon noch nichts gehört,
dass der Sturm zu viel an seinen ehernen Rippen hat gezerrt.

DER MAUERZIEGEL

Die Mauerziegel in Feuer sind gebrannt,
um Ziegel mit Ziegel mit Mörtel sie verband,
um Haus und Haus damit zu bauen,
man braucht dazu nur in Dorf und Stadt zu schauen.

DER DACHSTUHL

Der Dachstuhl, der aus dem Walde kam,
dafür gefällt wird so mancher Stamm.
Und mancher Balken Gesperr Bretter und
Latten daraus geschnitten
und verwendet als des Dachstuhls Stützen.

DIE DEMOKRATIE

Der Untergang jeden Volkes wäre die Demokratie,
das sagte einer aus der griechischen Philosophie.
Ob er recht hat, das möchte ich gerne wissen,
dass die Gescheiten für die Dummheit
der Dummen büßen müssen.

DIE MIMOSE

Eine Mimose man eine Frau benennt,
die bei jedem schiefen Wort gleich flennt.
Sie ist eine „Rühr-mich-nicht-an"
und verdrießt damit so manchen Mann.

DER WIND

Als der Wind den Unrat durch die Straßen blies
und gegen das Gesetz des Königs so verstieß,
da befahl der König den Wind doch festzunehmen,
sollte man den Befehl des Königs nicht als vermessen benennen.

DER BERG

Der Berg, der hoch in den Himmel sich erhebt,
und mit den Wolken sich verwebt.
Doch so hoch kann kein Berg doch sein,
dass er dringt auch nur ein Stück in den Himmel einen Engel.

DER PAPST

Ein Papst, der steht an der Kirche Spitze,
aber schlägt auch in die Kirchturmspitze der Blitze,
um ihn dann zum Einsturz gar zu bringen,
doch das wird dem Gegner des Papstthrones nie gelingen.

DER REDNER

Am Rednerpult ein Redner spricht
Spricht über die Abzocker und Tuninicht.
Einer der beiden Gruppen gehört auch wohl der Redner an,
denn offensichtlich ist er kein Ehrenmann.

GOTT, DER HERR

Gott, der Herr, beäugte uns von einer Wolke,
wie es hat im Märchenland auch Frau Holle.
Die, die Polster schüttelte, dass sie schneien,
um uns diesen Reim zu leihen.

Doch Gott, der Herr, tat uns beäugen,
ob wir uns auch seiner Herrschaft beugen.
Fromm und betend zu ihm schauen,
da braucht man allerdings sehr viel an Gottesvertrauen.

DER GRIESGRAM

Ein Mensch, der griesgrämig zeiget sein Gesicht
und auf keines Menschen Freundlichkeit erpicht.
Zeigt er den anderen doch mit seiner Grimasse,
wie sehr er die Menschen und die Welt gar hasse

EIN DEM WEINE ZUGETANER

Ein Mensch, der sehr dem Weine zugetan
und von diesem auch so manchen Rausch bekam,
wurde auf einmal abstinent,
das man auch bei anderen Süchtigen kennt.

BEIM FRÜHSTÜCKSTISCH 1

Der Ehegespons, der am Frühstückstisch saß,
und zeitungslesend auf Frühstück dann vergaß.
Zu viel an Neuigkeiten in der Zeitung standen,
so kam der Hunger ihm dadurch abhanden.

In einer Bibliothek gab es der Bücher viele,
sie alle zu lesen war jedoch eines Lesers Ziele.
Dann müsste Gott ihm mehrere Leben schenken,
das sollt der lesenshungrige Leser aber schon bedenken.

Darum sollte er eine Auswahl sich auserwählen
und die Anzahl der Bücher auszuzählen.
Die Zeit seines Lebens zu lesen er gewillt,
um seinen Wissendurst er gestillt.

KALENDER

Der Kalender von seinem Besitzer an die Wand gehängt
und Tag um Tag die Zeit verdrängt.
Doch zu Sylvester ist seine Zeit abgelaufen,
da muss sich der Besitzer einen neuen Kalender kaufen.

Zu Sylvester man sich Hufeisen und Schwammerl schenkt
und er frohen Glückwünsche um 12 Uhr penibel gedenkt.
Das Feuerwerk zaubert einen Sternenreigen,
um der Freude der Menschen Ausdruck zu verleihen

DIE KARRIERELEITER

Eine Karriereleiter ist eine Leiter.
Man steigt Stück für Stück immer weiter.
Doch ist man oben angekommen,
ist der Traum von einem Stück höher wohl zerronnen.

AKTIEN

Aktien, die fallen und steigen
und ein bisschen oben auch verweilen.
Aber einmal stürzen sie dann sicher ab
und werden so des Sparers Grab.

DIE PESTSÄULE

Häuser, die um einen Platze dicht gedrängt,
und der sich nun der Hauptplatz nennt.
Mittendrin eine Pestsäule steht,
die man vor Hunderten von Jahren dort aufgestellt.

EINE ALLEE

Eine Allee, die Straße beidseitig begleitet,
und von ihren Straßengräben gar nicht weicht,
bis sie hat die Stadt erreicht,
wo eine Straße nun der anderen gleicht.

BEIM ARZT

Beim Arzt, da warten viele der Leute.
Alle Tage und nicht nur heute.
Sind doch die Menschen alle Tage krank,
dafür gibt es einen Arzt – Gott sei Dankbarkeit.

DIE SERVIETTE

Eine Serviette, mit der man den Munde wischt,
und zwar, was auf den Tischen aufgetischt.
Auch bei den Getränken tat es funktionieren.
Wischt man vom Munde doch der Getränke Schlieren.

DER LESER

Eine Zeitung, die der Leser bereits gelesen,
und nicht das Gelbe vom Ei ist gewesen.
Im Papierkorb wurde sie nun entsorgt,
nur ihr Inhalt von den Tatsachen nur geborgt.

DAS STRASSENDORF

Haus um Haus nun sich reihet.
Und nicht von der Straße weichet.
So wird ein Straßendorf daraus,
wo sich reihet Haus um Haus.

VERSCHIEDENES

Ein Kreis von einem Mittelpunkt gezeichnet
und von dessen Mittel er nicht weichet.
Sondern dreht sich rundherum,
formt eine Kugel, die innen hohl und außen krumm.

Das Buch, das an Geschichten reicht,
und gedacht ist für den Zeitvertreib.
Leicht und seicht sind die Geschichten, die geschrieben,
sodass sie als leichte Lektüre in des Lesers Kopf verblieben.

Ein WC-Papier auch der edelsten Sorte.
Bleibt – ohne der allzu vielen Worte,
was auch jeden anderen Papier gereicht,
zu entfernen, was der Mensch von sich so weist.

Ein Windhund lief in Windeseile
In der Windhundebahn Meile um Meile
hinter seinem unerreichbaren Köder her,
um zu gewinnen – in seiner Windhundehr.

Ein Hund, der ganz darauf versessen,
eines Briefträgers Hose zu zerfetzen,
ließ erst wieder von der Hose ab,
als die Hausfrau ihm eines mit dem Besen überzog.

Ein Pferd, das galoppieret über Stock und Stein,
das fand eine feine Dame gar nicht fein.
War sie doch auf dem Damensitz auf ihm gesessen,
das hat das Pferd scheinbar auch vergessen.

Und so fiel sie von dem Pferd herunter.
Und so galoppierte das Pferd weiter munter,
da es zu tragen hatte auch mehr keinen Reiter.
Aber das Pferd rannte munter weiter

Ein Kreuzfahrtschiff kreuzte kreuz und quer
zwischen den Inseln willkürlich umher.
Sonst würde es Kreuzfahrtschiff auch nicht heißen,
würde es zwischen Ländern und Inseln wohl nicht reisen.

Auf dem Polster liegt ein müdes Haupt,
doch eine Gelse ihm den Schlafe raubt.
So vergräbt er sich in den Kissen,
die Gelse muss sich wohl ein anderes Opfer suchen müssen.

Die Krawatte, die schrill und allzu bunt,
tat ihres Trägers Geschmacklosigkeit damit kund.
Doch die goldene Krawattennadel
Bezeugt ihrem Träger wiederum einen gewissen Adel.

Der nur ein bisschen Geschmack gestört,
aber keine Adelige damit betört.
Denn die Farben zu Hemd und Anzug gar nicht passen
und einen Proleten darin erahnen lassen.

Ein Kreuz, das im Herrgottswinkel hängt,
zwischen Maria und Josef eingezwängt.
Und die von Hunderten von Jahren
neben den Gekreuzigten gehangen waren.

Ein neuer Besitzer nahm mit frevelnder Hand
den Gekreuzigten mit den zwei Bilder von der Wand,
denn gottlos war dessen Seele damit geworden,
und alsbald war dieser auch gestorben

Das gemeine Volk, das nie Philosophisches gelesen,
so konnts auch von seiner Dummheit nicht genesen.
So war er anfällig für die Demagogen,
wusste nicht, dass die es betrogen.

Kafka, der in Parabeln und Metaphern schrieb,
Dies in des Lesers Köpfen dann verblieb.
Er wurde jedoch erst entdeckt,
als die Erde ihn schon bedeckt,

Für 80 Jahre, die Gott mir hat beschieden,
bin ich dankbar und zufrieden.

Gabs auch manchen Wermutstropfen,
darf ich doch auf das ewige Leben hoffen.

DER KLEINE ZWERG

In alter Zeit, da gab es einen Berg
In einer Höhle darin hauste ein kleiner Zwerg,
da kam daher ein Riese riesengroß,
was macht ein Riese mit einem so kleinen Wichtel bloß?

Ihn aufzufressen, das war er nicht gewillt,
hätte er sich nie seinen Hunger mit ihm gestillt.
So nahm er ihn auf als seinen Lakai,
so war es mit des Zwerges Freiheit nun vorbei.

VERSCHIEDENES 2

Ich durchlitt mit jedes Menschen Not,
fühlt mich mit ihm verbunden,
kämpfte mit ihm um ein Stückchen Brot,
um ihm mein Mitgefühl damit zu bekunden.

Und den Menschen in seiner Erbärmlichkeit
hab zum Bruder ich erkoren.
Glaubte ich doch an seine Ehrlichkeit,
war ich doch als Idealist geboren.

Doch schmählich hat er mich verraten,
denn Undank ist der Welt Lohn.
Denn Gutes mit Bösem sie vergelten taten,
so erntete ich dafür nur Spott und Hohn.

Ein Schäferwölkchen fliegt am Himmel,
einsam am blauen Firmament.
Und ruft herbei mit viel Gebimmel,
ist es doch an Wolkenformationen gewöhnt.

Der Wind, er blättert in der Zeitung,
bis er sie ganz gelesen.
Dann hob er sie in einer Wallung
und warf sie vor den Besen.

DER GROSSE FISCH

Ein großer Fisch, der oftmals schon gefangen
und auf der Angel schon gehangen,
gar oft schon mit dem Fischer fotografiert,
nun sein präparierter Kopf ein Wohnzimmer ziert.

Denn ein Fischer, der die Spielregeln hat, missachtet,
indem er den Fisch nach dem Leben hat getrachtet,
und ihn zu verspeisen gedachte,
und auch Ernst darüber machte.

EIN GEDICHT

Es brausen die Winde
in hurtiger Eile.
Jagen durch Täler
und Berge hinan.
Sausen die Blätter
auf wogendem Aste.
Schaukeln die Nester
im uralten Baum.

Flügge die Mäuler,
die hungrig und schreiend
entflohen dem Neste
mit flatternden Flügeln
zum Fluge bereit.

Noch klammern sich furchtsam
auf schwankendem Aste
die Küken mit flaumigem Barte.

Die Alten, sie locken
zum wagenden Fluge
und preisen die Freiheit
unendlicher Weiten,
die der Himmel den Seinen gewährt.

Nun stürzet das Erste,
das Forschste von allen
bangen Herzens
Unsichtbarem entgegen.
Fangende Arme
wachsen aus Lüften.

Heben das Küken
im jungfräulichen Fluge
zum Himmel empor,
um es mit ihm zu vermählen.

Der Wind, der stand Pate
als das Küken erwuchs.
Er nahm es in seine Arme
und trug es hoch in die Luft,
dem Himmel entgegen.
Sich der grenzenlosen Freiheit bewusst
zog es nun seine Bahnen.

Tief unten auf der Erde
steht ein uralter Baum
mit vom Wind zerzausten Blättern
und wogendem Geäste.
Drauf schaukelt
ein verlorener Traum,
ein leeres, verlassenes Vogelneste.

Genießend eine schier schrankenlose Freiheit.
Welch trügerisches Element.
Erschöpft vom Nichts
kehrt der Vogel, sich besinnend, wieder
zu seinen Wurzeln er sich bekennt.
Und kehret zu seinem Neste wieder.

Ein Frosch, den der Reiher schon im Schnabel,
würgt ihn mit seinen Schenkeln fest am Halse
und quakt dazu: „Nicht ohne Tadel,
mich kriegst so nicht so balde."

Der Trinker entleert in einem Zug
den mit Wein gefüllten Krug
und stellte ihn nachher auf die Theke,
dass der Wirt zum neuen Leben ihn erwecke.

Mit Wein füllte der Wirt den Humpen,
der Säufer ließ sich daraufhin gar nicht lumpen
und säuft ihn in einem Zuge leer,
doch der Durst lief ihm weiter hinterher.

So musste der Wirt noch einen Humpen füllen,
um des Gastes neuen Durst zu stillen.
Der tat ihn wieder mit einem Zug entleeren,
das tat den Wirte jedoch nicht stören.

So schenkte er ihm einen weiteren Humpen voll,
das fand der Trinker wiederum ganz toll.
Und er soff ihn aus bis zu seinem Grund,
wischte den letzten Tropfen von seinem Mund.

Und wieder füllt der Wirt mit Wein den Humpen.
Und der Säufer ließ sich wiederum nicht lumpen.
Um sich zu erlösen von seines Durstes Pein,
säuft er nun des vollgefüllten Humpens ganzen Wein.

Und wiederum tat der Wirt den Humpen füllen,
um des Gastes neuen Durst zu stillen.
Sich ihm einzuverleiben seinen Schlund,
auszusaufen bis an des Kruges Grund.
Nun füllte der Wirt den Krug wiederum voll,
das fand der Trinker wiederum ganz toll.
Führt den Humpen mit fahrigen Händen zu seinem Munde,
macht dem Wirt das Zeichen für eine nächste Runde.

Und wiederum füllt der Wirt den Krug bis zum Rand,
der Trinker bereits auf wackeligen Beinen stand.
Und während bis zum Grund er den Humper er entleerte,
den Wirt das weiterhin gar nicht störte.

Denn er füllte den Humpen wieder bis zum Rande voll,
dem Trinker der Wein bereits aus den Ohren quoll.
Um stehenden Fußes zu verschlafen,
sollte man den Trinker oder den Wirt dafür nicht doch
bestrafen.

IM URWALD

Im Bilderbuch sind Tiere, Pflanzen
und auch Vögel abgelichtet,
wie sie der Fotograf im Dschungel hat gesichtet.
Affen, Schlangen, Papageien und viel an anderem Getier
und Orchideen, die des Dschungels Zier.

Viele hohe Bäume verflochten mit Lianen,
Chamäleons und riesengroße Schlangen
boten sich der Kamera dar,
und sie filmten sie unbeschadet der Gefahr.

Und der Fotograf hat abgelichtet
Tiere und Pflanzen, welche er in der Savanne hat gesichtet:
Löwen, Tiger, Gnus, Schakale und Elefanten,
die er und sein Fotoapparat auf das Zelluloid sie bannten.

Dazu mit langen Hälsen die Giraffen,
die mit ihren langen Hälsen von den hohen Bäumen fraßen.
Und die Zebras mit den Zebrastreifen
tat die Kamera auch erheischen.

Und dazu noch manch tolle Szene,
wo verjagt ein fressender Löwe eine hungrige Hyäne,
die ihn in seinem Fraß gestört.
Er meinte wohl, dass die Beute nur ihm gehört.

Denn eigentlich hat er sie doch geschlagen,
wie kann eine Hyäne es doch wagen,
ihm streitig zu machen sein Löwenmahl.
Nun kamen dazu die Geier in großer Zahl.

Kamen angeflogen auf den Kadaver.
Das Bild wirkte grausam und makaber.
Aber so ist die wilde Savannenwelt.
Was schwach ist, in den Naturgesetzen untergeht.

Wenn der Sonnenuntergang erblüht,
wenn die Sonne hinter dem Horizont verglüht,
sinkend eine sternenklare Nacht hinterlassend,
Mond und Sternenlicht das Land erfassen.

Und die Kamera zeichnet die nächtliche Weite,
wie Jäger und Gejagte weiter mit sich im Streite
jagend in einem diffusen Licht,
und manches Leben jäh erlischt.

Nun endlich gingen Kamera und Kameramann doch schlafen,
Als Tag und Nacht zu einem Rendezvous sich trafen.
Als die Sonne auf Morgen sich verschob,
Licht und Schatten sich verwob.

Nun war auch das Bilderbuch zu Ende.
Doch in der Savanne gab es des Fressen-und-Gefressen-
Werdens keine Wende.
Es blieb beim Jäger und den Gejagten,
die die Jäger um einen schnellen Tod wohl baten

KALAUER

Das Bild, das bot ein Haus in der Landschaft dar.
Wie es einst Hunderte vor Jahren war.
Mit kleinen Fenstern und strohgedeckt
und im Betrachter wehmütige Erinnerung hat geweckt.

Ein Kreuz, das steht am Wegesrand
inmitten von einem Bauernland,
Früher, ja früher, hat man zu ihm auch gebetet.
Aber hat man deshalb die Erde von all
dem Unbill auch errettet.

Im Fernsehen eine Seifenoper wird gezeigt,
wo die Zuseher den Guten darin geneigt,
um alle die Bösen zu verdammen,
obwohl alle aus des Autors gleicher Feder stammen.

Ein Autor und ein Schauspieler sitzen zusammen.
Der Schauspieler fand, dass die Dialoge lahmen.
Sagt der Autor zu den Rezeptierten,
dass sich die Dialoge im falschen Mund wähnten.

Ein Korb, der geflochten war aus Stroh,
brannte bei einem Feuer lichterloh.
Warum sollte es bei einem Feuer auch nicht brennen?
Sonst müsste man das Stroh auch als
unbrennbar benennen.

Ein Schwimmteich, der ausgehoben mitten im Garten,
aber die Frösche können es kaum erwarten,
das Wasser in Besitz zu nehmen,
obwohl die Schwimmer sie darin gar nicht leiden können.

Auf dem Tisch, da steht eine Blumenvase.
Ein Willkommensgruß für eine anverwandte Base.
Und mit Kaffee und Süßigkeiten der Tisch gedeckt.
Dass das Willkommensein belegt.

In einer Lade, in der allerlei untergebracht,
und darin das Suchen sehr viel Arbeit macht,
das zu finden, was man gerade braucht.
Wäre man nicht schneller, wenn man das Gesuchte sich aufs
Neue kauft?

Im Etui liegt geborgen eine Brille,
so ist es wohl des Besitzers Wille.
Um vor Unheil die Brille im Etui zu schützen,
leider beim Sehen tut sie dem Brillenträger gar nicht nützen.

Im hohen Gras weidet eine hungrige Kuh,
durch das viele Gras wäre sie vollgefressen im Nu.
Doch da kam der Bauer wutschnaubend daher
und meint, dass diese die Heuwiese wohl wär.

Manchmal traurig, manchmal heiter,
schrieb die Feder immer weiter.
Folgte der Hand, die sie geführt,
der eigentlich des Schreibers Wille gebührt.

Die Zeitung mit einer reißerischen Überschrift,
der die Vorstellung eines Menschen wohl übertrifft.
Doch bei der Lektüre wird dem Leser klar,
dass er auf die Aufmache hineingefallen war.

Der Mensch, der morgens seine Zeitung liest,
und all seine Sorgen dabei vergisst,
denn was da drinnen alles steht geschrieben,
er besser bei seinen eigenen Sorgen wär verblieben.
Die Nelke in eines Kommunisten Garten
muss bis zum 1. Mai noch warten.
So tat manche von den roten Nelken
wie der Sozialismus vorher noch verwelken.

Auf einer Palmenweide, wo die Palmkätzchen erblühen,
und damit die Menschen in die Kirche ziehen,
um sie mit Gottes Segen mittels Weihwassers zu versehen,
um mit nach Hause zu nehmen seinen Segen.

Ein Krebs, der krebste am Bachgestade,
nahm er dort doch ein kühles Bade.
Und frisst, was ihm entgegenkommt mit seiner Schere,
somit alles, was ihm kommt in die Quere.

Ein Hecht, der hinter einer Wurzel lauert
und hungrig auf eine Mahlzeit lauert,
schnellt bei Bedarf blitzschnell dann hervor.
Wenn nicht, dann wäre er ein Tor.

Wenn ich die Schöpfung so betrachte
und ich die Erkenntnis machte,
was für ein Sandkorn ich doch in Schöpfung bin.
Nicht erkennen kann dieser Schöpfung Sinn.

Das Licht, das von der Sonne kommt
daher, dass manch sich in der Sonne sonnt.
Jedoch die ultravioletten Strahlen,
die den Körper bräunen – den fahlen.

Im Fischteich schwamm ein großer Fisch,
bald darauf lag er gebraten auf dem Tisch.
Als Teamwork von der Köchin und dem Fischer
gab's den Fisch schon irgendwann frischer.
Ein Wasserglas, das mit Wasser vollgefüllt,
und seinen Zweck hat doch erfüllt.
Nur wenn es ausgetrunken und damit geleert,
es wieder nachgefüllt gehört.

Ein Jäger, der geht auf die Pirsch.
Sein auserkorenes Ziel war ein röhrend Hirsch.
Er kann ihn aber doch nicht erschießen,
das würde die empfangsbereiten
Hirschkühe aber verdrießen.

Viele Bücher stehen im Bücherregal.
Wenn nicht, dann wäre das fatal.
Ohne gar ein Buch und gar viele Bücher
würden fehlen auch dazu die Dichter.

Ein Ghostwriter der anderen Geschichten schreibt
und quasi deren Leben sich selbst einverleibt.
Was kann für den Inhalt er dafür,
sst er doch ausgeliefert seines Informanten Willkür

Ein Hemd gewaschen an der Leine hing
und rauschend der Wind sich in ihm verfing.
Und schnell es dadurch getrocknet war
Und jeden Wassers bar.

Es taucht ein Taucher mit seiner Harpune
in einer traumhaften Lagune.
Trotzdem fraß ihn auf ein Hai.
Dem Hai war die traumhafte Lagune einerlei.

Ein Mann mit breiten Schultern und dicken Waden
ging in der Adria frohgemut und mit Elan baden.
Da schwamm daher ein großer Hai
und meinte wohl, dass er eine gute Mahlzeit sei.
In Metaphern und Parabel, was geschrieben,
sodass nur diese in des Lesers Erinnerung verblieben.
Was sie bedeuten sollten, kam er nicht darauf,
obwohl es sein eigener Lebenslauf.

Im Café bestellte er einen weiteren Café Latte,
obwohl er schon 10 getrunken hatte.
Doch der Serviererin Lächeln war bezaubernd
und ließ ihn jedes Mal erschauern.

VERSCHIEDENES

Die Menschen, sie den Affen gleichen,
jedoch nie dessen Intelligenz erreichen.
Liegt ein Gendefekt wohl zugrunde,
sie plappern deshalb nur Blödes aus ihrem Munde.

Darob erschreckt ist der Hofnarr Zwerg.
Den Tyrann mit zittriger Stimme er jetzt preiset,
man hätte doch schon so oft gehört,
dass Ehrlichkeit als Todesurteil sich erweist.

Auch dem Hofnarr setze man halt Grenzen,
die er besser nicht überschreit.
Sollte er doch seinen Herrn mit Lorbeeren bekränzen,
Kritik zu ertragen, kein Herrscher ist dazu bereit.

DIE FEDER

Wenn ich den Menschen so beschau
und mich wohlgefällig an ihm erbau,
wie alles an ihm funktioniert,
jedoch scheint sein Hirn offenbar halbiert.

Wenn er den Mund nur öffnet
und nach einem Tier gar äffet,
dessen IQ einem Affen gleichet
und so von seinem Menschsein weichet.

Da kamen mir manchmal schon die Gedanken
für Menschen, die am Hirne kranken.
Oder fehlt tatsächlich das halbe Hirn
und hohl der Raum hinter seiner Stirn.

DIE FEDER

Und gar zottige Geschichten
tut der Schreiber nun erdichten.
Und Frivoles aus der Feder fliegt,
Unzüchtiges und Unflätiges
auf das Papier sich ergibt.

Ein Tier mit zwei riesengroßen Scheren,
wohl zu einem Krebse sie gehören,
der an des Baches Ufer schert,
die riesengroßen Scheren sind es wert.

Ein Kuckuck auf des Waldes Saume
sitzt hoch auf einem Nadelbaume,
verkündet, dass er allein im Neste
und ausgesiedelt seine Gäste.

Eine Kreuzotter, die ihr Kreuz am Rücken trägt
und dabei mühelos über die Erde schwebt,
gar nicht, wie Jesus Christus dazumal,
sein Kreuz brachte ihn mühelos dreimal zu Fall.

Die Schlange ringelte im Staube sich verbissen,
um ihre von Gott verhängte Strafe zu verbüßen,
brachte sie doch dazumal
Adam und Eva zum Sündenfall.

Ein Hund, der streunend durch die Straßen lauft,
namenlos, weil noch nicht getauft,
so kann der Hundefänger ihn auch nicht bekunden,
wie üblich, sowohl bei Menschen als auch bei Hunden.

Der Specht, der meint, es wäre wohl gerecht,
und er hoffe wieder auf sein Recht,
als einziger die Käfer aus dem Baum zu klopfen
und auf seines Schnabels Recht zu pochen.

Im Pferdestall, da stand ein Hengst,
dass er begehrt, das wusste er längst.
Um die rossigen Stuten zu begatten
und viele von ihm schon Fohlen hatten.

Der Eber ist ein männlich Schwein,
herrscht über seine Säue ganz allein.
Auf einmal erwuchs ihm große Konkurrenz,
die Säue beklagten seine schwindende Potenz.

Der Eichelhäher ist von schöner, blauer Farb,
traurig nur, dass er schon so frühzeitig starb.
Ein Eichelhäher pickte ihm die Augen aus
und machte seinem Leben damit den Garaus.

Der Apfelbaum, der blühend steht im Garten
und die Menschen können es kaum erwarten,
dass die Äpfel endlich wieder reifen,
während die nistenden Vögel jedoch auf die Äpfel pfeifen.

Das Schaf, das blökend auf der grünen Weide, tat kund,
dass es an Durchfall leide.
Und düngt das Gras mit seinem Dünger,
er bleibt zwar blass – das Gras wird grüner.

Die Kuh, die den Stiere angelockt
und bat, dass an ihr wieder angedockt,
mit spreizend Beinen sich entgegenstemmen,
das könnte man weibliches Entgegenkommen nennen.

Der Wolkenkratzer, der an den Wolken kratzt
und bis sich zu des Himmels Höhen wagt,
wirkt dagegen klein wie ein irdischer Wurm,
gegen wen – gegen den babylonischen Turm.

Der Sturm, die Bäume brechend über die Lande rast,
um mit seiner ungestümen Kraft
Bäume zu entwurzeln und zersplittern die Stämme,
die Häuser zerstören und brechen die Dämme.

Und wenn er vorbeigezogen
und geglättet sind die Wasserwogen
und die Stummel der Bäume in den Himmel ragen,
das Land übersät mit Trauer und Klagen.

Und als unschuldig lauen Lüfters sich nun begibt,
unter den Menschen wird nun gerügt,
welch böser Bube er doch sei,
wetten – es ist ihm einerlei.

Des Dichters fertig geschriebene Seiten,
ihm rasend schnell durch die Finger gleiten.
Eine unglückliche Liebe – ein verruchter Mord,
all das findet sich in des Dichters Wort.

Er schwankt hin und her gerissen
zwischen Tat und seinem Gewissen ...
Soll eine Komödie oder Tragödie es werden,
soll er es liegen lassen oder sterben.

Oder hochgeistiges Geschwätz zu verbreiten
für die übergscheiten Schickimicki-Leute,
für Psychopathen und Darmakrobaten,
die solches Geschwätz wohl nötig hatten.

Um in Diskussionen sich zu ergehen,
obgleich die Leute davon gar nichts verstehen,
um dann nur mit dem Kopfe zu nicken
und blöde aus der Wäsche zu blicken.

Aber als übergescheit wollen sie gelten,
sollte man sie dafür nicht schelten,
wenn sie bei den Seitenblicken
nichts wissen wollen von ihren Bildungslücken.

In den Rockzipfeln Prominenter sich zu sonnen
oder das unvorstellbare Wonnen
leicht durch ihren Körper rieseln,
um nach deren Schoße zu wieseln.

Und dem Dichter wurde klar,
dass er einer gar der ihren war,
konnte er sich doch mit allen denen messen,
die auf Popularität sogar versessen.

Und er wäre ja kein Dichterling,
steckte Sehnsucht nach dem Ruhme nicht in ihm.
Und er träumt von den vielen Preisen,
die ihm verleihen sollen all die Weisen.

Die er vorher so geschmäht
und der nun in devote Haltung übergeht.
Um vor ihnen jetzt zu kriechen,
zuvor konnte er sie nicht mal riechen.

Doch nein und nein. Er sei kein Chamäleon
und verzichtet auf den Judaslohn.
Um seiner Gesinnung treu zu bleiben
und den Opportunismus weiter zu betreiben.

Da man ihn in seinem Leben gar zuletzt
einmal am Friedhof ihn beigesetzt.
Tat er noch aus dem Sarge im Grabe winken,
um danach endgültig in der Erde zu versinken.

Gestohlen hatte seine Frau sein bestes Manuskript
und in ihrem Namen an den Verlag geschickt
und es wurde ein Bestseller gar daraus
und wie man sagt, er warf sie daraufhin aus dem Haus.

Doch der Ruhm und das Geld gehörten ihr.
Was kann denn der Verlag dafür,
dass sie es unter ihrem Namen eingereicht,
doch nur der Vorname von seinem weicht.

Die Kerze brennt im Kerzenschein
und macht kuschelig so manches Heim.
Und in der Kirche, zu Ehren Gottes brennt,
ein jeder es von der Messe kennt.

Als bei der Taufe die Kerze ward gezündet,
als die Kerze zum Herzen der Menschheit findet
und sie so begleitet von der Wiege bis zum Grabe,
vom Kindlein bis zum Greisenstabe.

Die Läuse, die die Menschen quälen
und ihnen dazu Schlaf noch stehlen,
und mit ihnen das gesamt Spekulantenpack
sind entsprungen wohl dem gleichen Sack.

Ein Christenmensch und ein Jude
treffen sich mit einem Muslim in einer Kebabbude.
Jetzt sind alle Religionen beisammen,
um Kebab zu essen, in Gottes Namen.

VERSCHIEDENES

Geschmiere als Malerei
Gestammel als Dichtung
Lärm als Musik
Perverse Obszönitäten als Tanz

Drei Affen deuten: Lasst uns in Ruhekissen
Masaru Kikazoru und Swazaxu
Drei Affen voller Ängste
Sie sind gescheiter, als du denkst

Einst hatte eine Köchin sich darüber beschwert,
dass ein Tratschweib beim Kochen sie gestört
und dadurch ihr Gugelhupf ihr angebrannt
und sie das gar nicht lustig fand.

Obwohl des Tratsches ansonsten sie nie abhold,
doch dass der Gugelhupf verbrannte,
das hatte sie nicht gewollt.
Obwohl vom Tratsche sie ansonsten sehr angetan
und ihm gern mit offenen Ohren
sie ihm entgegenkam.

Wo die Lebenden Blumen
an ihre Gräber pflanzten
auf den Gräbern ihrer Sippe
steht auf so manch Gerippe.

Manche Ahnfrau und auch Urahn
kriechen mit gebeugtem Rücken und halblahm
aus der Tiefe des Grabes sie empor,
kamen aus dem Hades sie empor.

Der Architekt, der baute ein ganz großes Haus.
Nun gehen da viele der Menschen ein und aus.
Es ist auch nicht als Haus zum Wohnen gedacht,
sondern mit dem Geist des Lernens es bedacht.

Ein Kuckuck in einem fremden Neste sitzt,
aber trotzdem seine Abstammung nie vergisst.
Denn haben ihn seine Zieheltern aufgezogen,
so war er dann, als er groß – grußlos davongeflogen.

Die Frau sagt: „Der Kühlschrank gehört enteist."
Der Mann aber, daraufhin verweist.
Solang der Kühlschrank mit Fraß und Trank noch voll,
meint der Mann, was die Aufforderung dazu doch soll.

Es hat ein Mensch mal so einen Traum.
Er hätt erklettert einen gar hohen Baum.
Da brach ein Ast und er fiel herunter.
Und fand sich in seinem Bett
geschockt – aber putzmunter.

Der Esel der seinen Dienst verweigert
und der Eseltreiber in Wut sich steigert.
Da rannte der Esel dann davon,
bekam er vom Eseltreiber noch nie seinen Lohn.

Familienfotos, die an den Wänden hängen,
Bilder, die den Beschauer dazu drängen
zu sehen, wie eine Familie im Glück vereint.
Und manch Bilderrahmen vom Trauerflor ist gesäumt.

Die lieben Kinder groß geworden.
Die Alten – schon lange weggestorben.
Boten sich in den Bildern dar,
wie alt er selbst, wurde dem Beschauer erst gewahr.

Ein Kugelschreiber mit der Kugel Fülle,
umgeben von einer Plastikhülle.
Ist die Fülle dann geleert,
auf dem Papier er nichts Neues mehr gebärt.

Vor dem Haus da stand ein Zaun,
und er schien den Menschen gar nicht zu trauen.
Sollt er ihnen den Zutritt doch verwehren,
doch Tür und Tor sollten den Eintritt doch gewähren.

Ein Ehegespons, der beim Frühstück saß
und zeitunglesend alles in sich fraß.
Was die Ehefrau auf den Tisch gebracht,
so satt hätte ihn das Gelesene nicht gebracht.

ÜBER EULEN

Der Eule wird doch zugeschrieben,
wie klug und weise sie doch sei
(welche kluger Vogel sie doch sei).
Und auch ein hohes Alter ihr beschieden,
ihr selbst ist das doch einerlei.

Und auch der Maus, die sie gefressen,
hat von ihrer Klugheit nichts gewusst.
Verdaut in ihrem Magen unterdessen,
wurde er doch zu ihrer Mausegruft.

DER KAISER SCHICKT SOLDATEN AUS

Der Kaiser schickt Soldaten aus,
so heißt ein altes kindliches Spiel,
doch im Alter wird dann Ernst daraus,
und töten heißt das Ziel.

Der Kaiser schickt Soldaten aus
und Mütter kriegen das Mutterkreuz,
wenn dem Kaiser Soldaten sie gebären,
die Söhne kriegen das Eiserne Kreuz,
wenn sie kämpfen dann in Ehren.

Der Kaiser schickt Soldaten aus
und kriegen dazu ein Birkenkreuz,
wenn für den Kaiser sie gefallen,
und eine goldene Tafel, die darauf verweist
auf ihr Heldentum in heiligen Hallen.

Der Kaiser schickt Soldaten aus.
Ein Bild der Mutter mit dem Mutterkreuz
hängt in der guten Stube an der Wand,
daneben der Sohn mit dem Eisern Kreuz,
der den Heldentod erlitt im Feindesland.

Der Kaiser schickt Soldaten aus,
So schickt der Kaiser seine Soldaten aus
schon in frühen Kindertagen,
es scheint auf dieser Welt so Brauch,
schon als Kind den Krieg zu wagen.

EIN HERZ FÜR AUTOREN A HEART FOR AUTHORS À L'ÉCOUTE DES AUTEURS MIA KAPΔIA ΓIA ΣΥΓΓ
FÖR FÖRFATTARE UN CORAZÓN POR LOS AUTORES YAZARLARIMIZA GÖNÜL VERELIM SZ
PER AUTORI ET HJERTE FOR FORFATTERE EEN HART VOOR SCHRIJVERS TEMOS OS AUT
ZÓINKERT SERCE DLA AUTORÓW EIN HERZ FÜR AUTOREN A HEART FOR AUTHORS À L'ECO
ΔΌ ΒCEЙ ДУШОЙ К АВТОРАМ ETT HJÄRTA FÖR FÖRFATTARE A LA ESCUCHA DE LÓS AUTÓ
MIA KAPΔIA ΓIA ΣΥΓΓΡΑΦEIΣ UN CUORE PER AUTORI ET HJERTE FOR FORFATTERE EEN
ZERZÓINKERT SERCE DLA AUTORÓW EIN HERZ FL
OS A   ORAÇÃO BCEЙ ДУШОЙ К АВТОРАМ ETT HJÄRTA FÖ

Der Autor

Willibald Rothen wurde 1938 im südburgenländi-
schen Bocksdorf geboren. Seine fränkischen Vorfah-
ren zählten zu den Patrizierfamilien des bereits 1391
zur Marktgemeinde erhobenen Ortes. Seit 1604
lebten sie als „Freie" im ehemaligen Deutschwest-
ungarn, das von ungarischen Magnaten beherrscht
wurde. Er trauert nicht verblichenem Ruhme nach,
trotzdem ließ er einige Anekdoten und Legenden
aus dieser Zeit in seinen Romanen, Theaterstücken
und Satiren einfließen, die er zeit seines Lebens geschrieben hat, welche vielfach einen sozialkritischen
Hintergrund haben und deren Ansätze er in seiner
40-jährigen Selbstständigkeit als Maler und Restau-
rator, aber auch als Beobachter, massenhaft in seinem Umfeld vorfand. Derzeit lebt er im Burgenland.

Der Verlag

*Wer aufhört
besser zu werden,
hat aufgehört
gut zu sein!*

Basierend auf diesem Motto ist es dem novum Verlag
ein Anliegen, neue Manuskripte aufzuspüren, zu ver-
öffentlichen und deren Autoren langfristig zu fördern.
Mittlerweile gilt der 1997 gegründete und mehrfach
prämierte Verlag als Spezialist für Neuautoren in
Deutschland, Österreich und der Schweiz.

**Für jedes neue Manuskript wird innerhalb we-
niger Wochen eine kostenfreie, unverbindliche
Lektorats-Prüfung erstellt.**

Weitere Informationen zum Verlag und
seinen Büchern finden Sie im Internet unter:

www.novumverlag.com

Willibald Rothen

Der Senator

ISBN 978-3-85022-363-8
148 Seiten

Die Rahmenhandlung beschreibt das Leben eines Senators in
Amerika, der an einer Krankheit leidet, die mit dem Verlust des
Kurzzeitgedächtnisses einhergeht. Je weiter die Krankheit fort-
schreitet, desto öfter entschwindet er in seine Vergangenheit,
in seine Kindheit im Burgenland, bis er als alter Mann dorthin
zurückkehrt …

novum VERLAG FÜR NEUAUTOREN

Willibald Rothen

Das Experiment

ISBN 978-3-85022-921-0
140 Seiten

Die Bewohner eines Zigeunerghettos werden in ein KZ-Son-
derlager deportiert, damit an und mit ihnen Versuche durch-
geführt werden, die zur Unterwerfung und Unterjochung von
sogenannten „Untervölkern" dienen sollten, um sie letztendlich
als Soldaten, als willenlose Söldner, gegen den Feind einzuset-
zen. Dieses zutiefst pessimistisch geschriebene Buch zeigt die
dunkelsten Seiten der Menschheit.

Willibald Rothen

Die Toten, die man nicht sterben ließ

ISBN 978-3-99131-256-7
558 Seiten

Zweiter Weltkrieg, Nachkriegszeit und jede Menge Verwick-
lungen und Verirrungen, Sigmund Freud, ein Graf, und vieles
andere wird mit diesem Roman dem geneigten Leser geboten.
Wer kurzweilige und turbulente Geschichten mag, liegt mit
diesem Buch richtig!

Willibald Rothen

Wahr ist alles, was nicht erlogen

ISBN 978-3-99131-382-3
268 Seiten

Die Wahrheit schreibt der Autor … die Wahrheit über Liebe, Hoffnung, Trauer … wie das Leben so spielt – für jeden von uns. Einmal humorvoll, dann wieder nachdenklich werden Episoden des täglichen Lebens erzählt. Lesen Sie von der Wahrheit des Lebens!

Willibald Rothen

Pannonische Dorfgeschichten aus alter und neuer Zeit

ISBN 978-3-99131-559-9
206 Seiten

Von sensiblen Naturbetrachtungen bis zu deftigen Anekdoten: Das Repertoire von Willibald Rothen ist groß. Seine „Dorfgeschichten" wissen den Leser nicht nur aufs Beste zu unterhalten, sondern spiegeln auch die große Lebenserfahrung und -klugheit des Autors.